新增
港式粵語點樣講

原來舊時香港這樣賣廣告

著作 —— 花家姐

協力 —— BENNY

enlighten
&fish 亮光

作者著書目的，爲藉分享舊廣告讓讀者認識昔日香港生活面貌。過程中，搜集在舊報章及網站轉載的舊廣告，已盡力釐清版權，惟部分廣告年代久遠，亦在網上流傳，既難以確定原出處，亦無法確定版權持有人，倘有錯漏之處，盼望指正及聯絡。如屬相關廣告的版權持有人，請聯絡作者及本社，作者及本社願支付相關版權費用。

新修版序

　　時光飛逝，霎眼間原來這本書第一次出版已是七年前，期間香港也經歷了很多巨變。但不論如何，歷史永鑄人心，千載不變，變的只是不同時代不同人的演繹。

　　是次新修版，改了《原來舊時香港這樣賣廣告》做書名，並加上「港式粵語點樣講」為副題，更增添了地道 feel，也配合大時代的需求，因為香港的新移民已增加了不少，他們除了對香港的懷舊事物有興趣，對港式粵語的表達方式也很好奇，亦有了解的需要。所以，剛剛擔起教授粵語工作的我，就把這元素加入這新修版，將舊廣告延伸至日常地道粵語的分享——「唔晒」、「搽咗面懵膏」、「撩交打」、「發嗡瘋」……雖然有些本地新世代已不曉得，也不會掛在嘴邊，但我這個七十年代的舊產物，也儘管來一次新舊時代的穿梭，希望大家對香港有更全面的了解，更喜歡這個地方。

原來舊時
香港
這樣　賣廣告

在此感謝亮光文化再版此書，它在初版時已入選過
「第 30 屆中學生好書龍虎榜 50 本候選書」，足見它雖
然「講老土嘢」，但作為一個傳承的產物，有其獨特價
值，這次就讓我們一起為推廣香港文化再次發光發亮！

花家姐

2024 年 6 月

推薦序一

那些年的廣告，這些年的唏噓。從衣食住行到吃喝玩樂，書中廣告重新描畫出舊時香港的潮流文化和生活日常，在舊人、舊物、舊價值不斷消失的社會，實在彌足珍貴。雖然我們未必親眼見過書中所有廣告，對個別廣告商品或亦不太熟悉，但圖文之間勾起的段段舊事，恰是幾代香港人的集體記憶。誠如作者介紹近日又再火熱的熱水壺時說：「（水壺）醫院消失，垂垂老矣的熱水壺仍散落尋常百姓家，但願它們的熱情能延續千秋萬代。」細水可以長流，千秋萬代靠的當然不是瞬間時尚，而是如本書的尋常熱情。謹向廣大讀者誠意推薦本書。

朱耀偉博士
香港大學現代語言及文化學院教授
及香港研究課程總監
2017 年 6 月識於香港

推薦序二

　　昔日廣告，不僅記錄了昨日的點滴，更展現了香港在冷戰的背景下的經濟起飛。在那艱辛但帶勁的年代，物質日益豐富，生活方式因外來影響逐漸轉變。時移世易，好景難常。今地緣政治不再，香港要另覓出路。在懷緬過去的同時，大家可有更上一層樓的良方？探古尋幽，不單是掌故以託寄情懷，亦當鑑古推今。謹誠薦此書，冀望往日辛酸喜樂能勾起各位的靈感，為香港的未來出謀獻策。

王迪安博士
香港大學香港研究課程助理教授
2017 年 6 月識於香港

自序

　　認識花家姐的聽眾們，都知道我最喜歡做的節目就是奇案節目，亦以此在網台界殺出一條血路。有不少聽眾曾跟我說，他們最喜歡聽的，就是很久以前的案件，例如說七、八十年代，因為案中會涉及當年的一景一物，有一陣屬於那個年代的氣味，令他們十分懷念，特別是移居海外的香港聽眾，更不時有所感觸。由於要做案件資料搜集的關係，我會去圖書館看微縮菲林，很多時一坐就是五、六小時，因為除了主力找案件相關資料，會不時被舊報章上的舊聞所攝住，不能自拔。說真的，不是工作需要，根本不可能會刻意抽時間去看舊報紙，也不會發掘到當中的樂趣。很多遺忘了的、從未聽過的、想像不到的，關於香港的一切舊人舊事舊物，都像寶藏般，每發掘一件便滿心興奮，又越發覺得原來對自己存活了這麼多年的世界，竟是如此無知。

　　於是，為了與眾同樂，為了尋回更多本土價值，我製作了《99當年奇聞》這個節目，與其他主持人、聽眾們打成一遍，集體回憶一番，實在非常過癮。然後，

由於搜集到的舊資料與口述歷史已有不少，於是除了節目外，亦希望透過文字，跟廣大讀者分享。

衷心感謝亮光文化提供這個良機給我，打頭炮的「99 香港系列」是舊廣告。在茫茫的廣告大海中，要找出一些有趣和大家有共鳴的，其實也頗具挑戰性。加上我只是一個七十後，許多早期的事物要靠訪問上一代才能得知。另因為年代久遠，為免寫了一些與事實有距離的事，要認真從不同渠道去求證，變成工作量也頗龐大。

然而過程中，絕對是興奮和獲益良多。舊廣告，反映的就是往時香港民間生活、意識形態、價值觀、社會發展……如果你、你的上一代或者你的上上一代經歷過那個時空，這本書中，你都會找到自己的根，找到你一直不需別人 hard sell 也想珍而重之的「產品」——香港！

花家姐
2017 年 7 月

目錄

第一篇
窩多露狐臭水

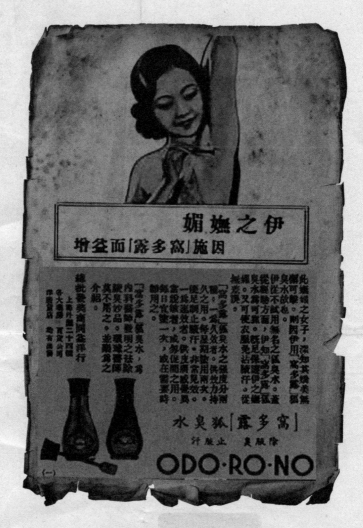

窝多露狐臭水（六十年代）

在香港這個彈丸之地，只要你不是有車一族，相信上下班時也有擠巴士擠地鐵的慘痛體驗。特別是大熱天，不幸成為「腋下之臣」的體驗，鼻子受盡酷刑，更是令人難頂兼難忘。

有一定年資的朋友，又是否記得「窩多露狐臭水」這六、七十年代的產品？是否使用過？這產品是上海外灘一洋行出品。在那個年代，許多美容護理產品都是上海引進，將十里洋場的扮靚潮流逐漸傳播給本地人。臭狐水雖不算是美容產品，似衛生用品多些，但目標客戶也是愛美的女性，強調使用它之後，會使你更嫵媚可人。另一廣告內亦聲言，不用窩多露會令異性反感，「伊之狐臭，卻步不前」。

窩多露狐臭水

觀乎此產品的名稱，厲害之處在於音意兼譯——Odorono 譯為窩多露，令人聯想翩翩，猜想用完之後便可以不怕將腋窩盡露人前，腋下飄香，意態撩人，女性魅力充分發揮。

不過時至今天，除汗產品基本上不會直接叫「狐臭水」這樣難聽，有臭狐始終不是什麼馨香事，「香體露」令患者心理上舒服得多。

不過，走在油尖旺街頭，舉目仍是「痔漏」、「臭狐」白底黑字的黃六醫生顯眼招牌，毫無修飾可言。不少人仍為了徹底根治此等尷尬身體問題，硬著頭皮冒著被朋友撞個正著的風險，上樓光顧收費便宜的醫生。

臭狐水原是治標不治本，出外接觸人時可遮醜，回到家中對著另一半，便得卸下「盔甲」，尤如素顏上陣（難道睡覺時也要塗在腋下？）反要靠濃烈的內在美掩蓋，才能令郎對伊多加親近！

16

腋窩

「嘩！你著呢件衫啲胳肋底毛露晒出嚟啦！」

在香港，我們會叫「腋窩」做胳 gaak3 肋 lak1 底 dai2。「胳」就是肩膊以下的位置；「肋」就是肋骨；「胳肋」的底部，就是指手臂跟身體連接的位置，下方凹入去那部分。

胳，同音字有「格」、「隔」。肋，這個字其實正音只有兩個，就是 lak3、laak3，讀成第一聲是錯的，變了約定俗成的發音。不過一般來說，我自己或聽人說，都是 lak3，很少說成 laak3。底，同音字有「抵」。

這廣告中的產品叫「窩多露」，順帶也談一談「露底」，在粵語的意思，露了底部給人看，引伸為「露了底牌、露出馬腳」等意思。

第二篇
愛麗華自動游水表

愛麗華自動游水表

不知有多少朋友跟我一樣，已經很多年沒戴手錶的習慣。

這跟智能電話的興起，有莫大關連，因為它已經可以取替手錶主要的功能——看時間。當然智能電話還取代了鬧鐘、電筒、計算機、家居電話……把一件件功能簡單的東西打到落花流水。

手錶由上世紀中的奢侈品，到後期的必需品，再到廿一世紀的今天輪迴為奢侈品——所謂富豪「左手伸一伸，貴過你全身」，iPhone 不能代替手錶顯派頭，名錶乃身分象徵是也。

當然也有因職業需要，曬碼頭充闊佬以顯示自己「撈得好掂」，例如地產、保險、傳銷，一隻金光閃閃的「勞」曬向客人雙眼，明明口才誠意欠奉的代理都變為成功人士。

但對於我，手錶現在只是一種可有可無的裝飾品，美觀重要過實用價值。

回溯五、六十年代，手錶既是一種實用品，也是一種奢侈品。實用在於確實有報時的需要，奢侈在於非一般階層能負擔。

愛麗華自動游水表（五十年代）

看到嗎？這個舊手錶廣告的左下角，一位男士手上戴了愛麗華，正向一位美女 show off。可見，那時候有手錶戴是多麼讓人虛榮心作祟的事，男士隨時引到一打美女埋身。

據悉，愛麗華是鐘錶王國瑞士製造的，但在六十年代前已沒落（原因不詳）。在廣告上，可見一隻繪畫出來的愛麗華，簡單地交代產品外型。當年也沒有什麼代言人，像金城武戴著 CITIZEN 說服你戴了該品牌便能型爆鏡，也不會將手錶打燈打到七彩，金光閃耀地搶消費者眼球。

愛麗華自動游水表

　　除了身分象徵外，愛麗華廣告的賣點是什麼呢？其
一，有一個裝了放大鏡的小屏幕，清楚看到日子，大近
視也看得到，夠體貼吧。

　　其二，強調「準確耐用」，包括安裝了「因加百祿
避震器」——一種較高級的避震器，其彈簧成馬蹄形狀，
常見於瑞士製的機械腕錶，能更佳地保護擺輪，減低誤
時的機會。也包括「十七石」，意思就是機芯內藏十七
粒鑽石，它是作為手錶齒輪的軸承，使機件間的磨擦減
至最低。一般手錶有十五石，十七石應是齒輪較多較精
密吧。

其三，強調「永不斷鍊」。小時候，我父母都是戴手動上鍊的手錶，所以早上經常會見到他們做一個熟悉的動作——上鍊，每次都發出咯吱咯吱的聲音。但事實是自動手錶也非真正自動，它需要通過手臂的擺動，讓擺陀轉起來，不知不覺地上了發條，只是你不自知而已。所以，如果大半天沒有活動，會發覺時間走慢了，這時也得自行手動上鍊。不過，自動機械錶本來就較難斷鍊，這個「永不斷鍊」算是個山盟海誓的保障吧。（那時沒有消委會，否則斷鍊的話可去投訴？）

不過說真的，像我們這種經常坐著，活動量較少的人來說，自動錶其實比手動錶更麻煩，分分鐘時間誤了也不自知。

我訪問過《99當年奇聞》主持高 Sir，他今年六十有三，十四歲求學時期擁有人生第一隻手錶。他形容當年為了要向父母跪求一隻手錶，扭盡六壬，聲稱放學後

愛麗華自動游水表

去球場踢足球，看不到時間可能就要遲了回家，這果然奏效，不久就奸計得逞一錶在手。他還記得當年那隻錶賣十五元，大約相等於五十碗魚蛋粉的價錢。

最後，愛麗華還是隻防水錶，可戴著游水。那麼多功能集於一身，相信一點不便宜（未求證到賣多少錢）。

手錶與人情味分不開，加上科技越來越進步，上世紀後期功能性已不是廣告重點。到八十年代尾，鐵達時以「不在乎天長地久，只在乎曾經擁有」作宣傳語，加上明星效應，成為膾炙人口的一代經典。

據油麻地老牌鐘錶修理師傅吳漢輝所說，曾有年青人拿著一隻五十年代的奧米加精工錶要求他修理，無論多少錢也在所不措，因為那是他爸爸送給媽媽的禮物。這反映現實中，很多人不單要曾經擁有，還渴望一切關係永久保鮮。愛麗華，也可曾讓你有無限痴戀？

26

十三點

「你覺唔覺得花家姐成個十三點咁？」

這個例句真的要把自己搬出來，為什麼呢？因為在現實生活中，我真的會用「十三點」形容自己！

其實十 sap6 三 saam1 點 dim2 這個港式粵語是十分老套，現在已經很少人用。那麼，明明時鐘最多只有十二點，為何會有十三點出現？原來在六十年代香港有一本很著名的少女漫畫，叫《13點》，由李惠珍創作。書名源自作者李惠珍母親常稱呼女兒李惠珍是十三點。「十三點」是上海俚語，意思大約是「亂敲鐘」，因為舊時的鐘每個鐘頭會敲一下報時，有時發生了故障，會在十二點時敲十三下，後來就以「十三點」形容活潑好動、鬼馬、帶點無厘頭、神經質的人，一般形容女性。大家聽完之後，應該大概想像到真實的我是如何的性格？哈！

第三篇
屈臣氏喞嘲水

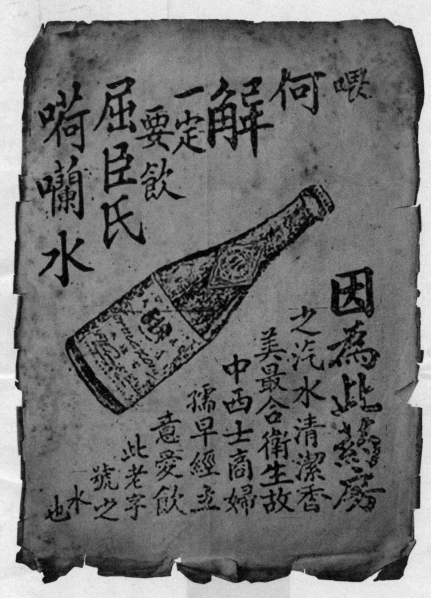

屈臣氏嗬嘛水（二十年代）

　　官場上，有汲汲於名利者，追求的其中一個人生目標，就是獲頒授一個「荷蘭水蓋」，揚名立萬。「勳章」因貌似壓扁的汽水蓋而得名，那麼為何「荷蘭水」=「汽水」？今天遍地開花的屈臣氏大藥房，它的蒸餾水固然出名，那麼它跟荷蘭水又有什麼關係？

　　首先要說的是，大家看到以上的廣告，是一九一八年的報紙上刊登的。「啼囒」實則就是「荷蘭」，因當年的報章喜歡加「口」邊旁在字上，像口頭語，感覺親切一點。據稱，十九世紀五十年代開始，汽水由歐洲傳入中國時，是用荷蘭的貨船運載的，所以暱稱為「荷蘭水」，但並非從荷蘭輸入。到二十世紀初，香港及上海出品的本土汽水也極受歡迎，「來路味」越來越淡，大家便逐漸改為叫「汽水」。這段廣告仍稱「啼囒水」，其實很快已不流行。

屈臣氏嗬囒水

二十世紀初的廣告固然沒什麼創意可言，好像這個廣告，基本上是直截了當地白描產品的好處，第一個字還用個「喂」字，簡直好像有個街坊站在你面前，跟你親切地硬銷。

那為什麼樣樣品牌不選，偏要選屈臣氏汽水呢？廣告尾段表達了個重點：老字號。屈臣氏雖然現在只剩下梳打汽水和沙士汽水，其他味道已式微，但其實在香港歷史上，它是最老資格的「汽水始祖」。

話說一八四一年，本來在上海立足的廣東藥房進駐香港，叫做香港藥房（所以頭啖湯總是最正，可以先拔頭籌霸了「香港」兩個字）。後來因為由英國來的藥劑師屈臣氏先生接管，一八七一年易名為「屈臣氏大藥房」。（立即又加回陣陣來佬味，哈哈！）

原來舊時
香港
這樣　賣廣告

　　一八七五年，市場觸覺十足的屈臣氏先生，見喝汽水乃人之所好，在歐洲更是時尚飲料，故決心出品本土汽水，在士丹利街開設汽水廠，出品六隻味道的汽水。

　　屈指一算，這廣告在報章上出現時，它們製造汽水原來已有四十多年歷史，雖有數個競爭者加入市場，但歷史絕對不及它悠久。

　　今時今日，喝汽水被公認為不健康的事，我還聽說過一個朋友的弟弟，十歲八歲開始每天一枝汽水（產品名稱姑隱其名），結果二十歲前得了腸癌，親人都說跟喝太多汽水有關。姑勿論是否真的有關，中醫大致上都會說腸胃虛寒者不宜喝汽水。但梳打水（Sparkling Water）這種最單純的炭酸飲料，對治療胃酸過多或驅胃氣確有幫助，小女子有時肚內太多氣，都會買屈臣氏的梳打水喝，馬上感到舒暢得多。至於從前以飲完之後

屈臣氏嘀囒水

「唔晒」做口號的沙士,我就比較抗拒那陣怪味,所以
見到也不會買。

　　不過,在早期時,色素及糖分極多的汽水不單止沒
被視為不健康,還被視為一種藥品,有「除滯潤腸、富
強壯腦、止嘔、滌腸」等功效。而且,人們相信汽水是
經過殺菌,較一般飲料衞生。所以讀者們會看到這個廣
告內,寫著「清潔香美最合衞生」,可見這是當年汽水
賣點之一。

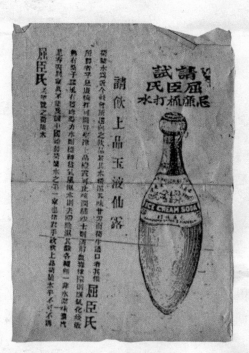

屈臣氏的廣告文字（直排，右至左）：

請試
屈臣氏
應梳打水

屈臣氏

請飲上品玉液仙露

屈臣氏

屈臣氏忌廉梳打水

作為以藥起家的屈臣氏，出產「健康產品」，是貼切不過的事。另外，廣告上的汽水瓶，底部像現代那樣，是扁平的。但另一個再早期一點的廣告內，忌廉梳打水瓶子是呈欖形及尖底的。那是一九一零年前的產品，稱為「炮彈樽」。但明顯地，這種瓶子美觀多於一切，説到方便存放一定不及其後的平底設計。

35

屈臣氏嘅嗮水

　　今時今日普及到不得了的汽水，二十世紀初竟被譽為「上品玉液仙露」，可見其矜貴程度。事實上，那時候汽水不是人人喝得起，例如一個可口可樂廣告中，可樂是被放在碟子上，由馬姐端出客廳宴客，而且是大時節的喜慶飲料。

　　其後，由於強勁對手可樂的出現，加上其他飲料陸續「分餅仔」，屈臣氏汽水才失去其老大哥地位。以它對香港汽水界的開拓和貢獻，也值得頒一個「荷蘭水蓋」吧！

唔晒

「我同我老婆道歉之後，佢條氣唔晒，即刻笑番！」

這個唔 goe4 字，對香港人來說，相信都很陌生，並非日常會見到的字，但生活上卻是經常用到的。

或者把這個字寫成英文譯音，大家會馬上明白，就是 gur，或者一般會如例句裡說：「Gur 晒」！

這個字意思在身體的層面，就是「將胃氣由口腔排出」，飲了有汽的水，就有這種效果，飲完便把體內的氣「唔/gur 出嚟」。另一層意思，就是「服氣、順氣」，正如例句中的太太，心中的氣下了，便變得順氣、舒服多了！

第四篇
哥喇

哥喇（四十年代）

一聽到「哥喇」，第一時間會想起雪條，然後不期然想到孖條——曾幾何時愛不釋手的童年零食（但印象中經常會跌了半枝在地上）。

反而印象中我並沒有喝過屈臣氏的哥喇汽水，不過味道應該也跟雪條沒分別吧。廣告中的這枝原型哥喇，以雷霆萬鈞、石破天驚的姿態現身，每樽賣三毫子，其時為一九四八年尾。

看到報章上另一份鱔稿，報導了當年哥喇面世的消息。屈臣氏隆重地舉辦了記招，宣佈哥喇的面世，期間表示該產品雖叫 Super Cola（超級可樂），但絕非模仿任何產品（好像有點此地無銀 ^_^），又強調產品是經過專家長期實驗研究而成，值得稱之為「超越」。

如果以現代潮語來說，這個記招及這件產品都分明是向可樂「挑機」與「隻揪」。它的定價比可樂便宜一毫，味道和顏色相近，似是希望以廉價策略搶可樂客仔吧。當其時，中文報紙賣一毫、油條賣五仙，可想而知汽水是貴價東西，而賣平一毫是非常大的賣點。

41

哥喇

　　至於我為何一枝哥喇也沒買過？那可能是大熱天時，微薄的零用錢用了來買哥喇孖條，也不用喝它的汽水了。但為何可樂又好像沒出過雪條呢？一般人都是在家中自製。是因為相對汽水市場無利可圖，無謂浪費彈藥？知道原因的朋友請告訴我啊！另一點就是，哥喇還 sell 一種可樂欠缺的本土精神——港人飲港貨！不過也有人純粹貪平及方便，管它愛港不愛港，光顧大陸貨「珠江橋牌百雲汽水」（亞洲汽水廠出產，口號是「亞洲汽水，夠汽夠味」），此產品標榜不用「按樽」（先將按金加在汽水價格上，之後將喝完的瓶子拿回店舖，可取回按金），對於當年生活貧困的普羅大眾，大汗淋漓時為求嚐一口玉液，也不會太追求味道或質素，最緊要一個字：「平」！

　　不過無論多便宜，都不及當年的樽裝維他奶只賣幾仙那樣便宜。維他奶那時推出「令你更高、更強、更健美」的口號，衝著牛奶而來，直至七十年代，又以「點止汽水咁簡單」挑戰汽水，可算是非常「戰鬥格」。

　　其實，汽水夠刺激夠野性，維他奶夠純夠溫暖感——一如情場，兩種「貨色」各有傾慕者，亦不愁沒市場！

頂住度氣

> 「成日界佢喺背後講壞話，又唔話得佢，
> 真係頂住度氣！」

　　紅透七八十年代的「哥喇」，標榜夠氣夠味，大受歡迎。粵語中，有不少跟「氣」相關的口語，例如：「出氣」（發洩心中忿怒、悶氣）、「唔忿氣」（不忿）、「條氣 chok 住」（體內的氣被阻塞著，令呼吸不暢順，也比喻不忿、不服氣）。至於頂 ding2 住 zu6 度 dou6 氣 hei3 也是差不多意思，但要留意，這裡用了「度」做量詞，有時也會用「條」，沒什麼分別。

第五篇
美輝牌電視機

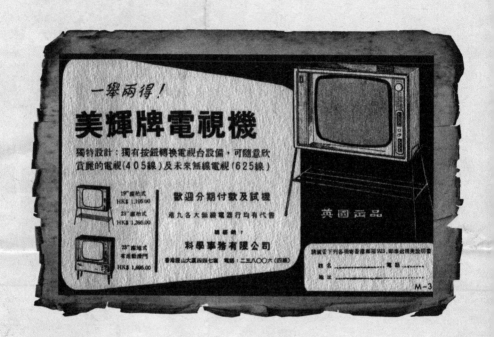

美輝牌電視機（七十年代）

　　雖然隨科技發展，電視機早已是香港家家戶戶的普遍必需品，不像五、六十年代那樣高不可攀，但電腦和手機的普及，又蠶食了電視機的重要性，很多家庭中的電視機淪為「裝飾品」，或者令家裡不至太冷清的「收音機」。但當然，對於很多長者來說，在家百無聊賴，仍然十分依賴電視機來解悶。

　　電視撈飯、一家人爭奪遙控的年代已遠去。更遙遠的，是電視機未普及時，只有富貴人家才能一筆過買起它，否則需選擇分期，或者選擇租機。正如這個七十年代初的英國製「美輝牌」電視機，十九吋座枱式售$1195，當年一個三、四百呎的旺角單位，大約兩、三萬元，即是十多廿部電視可買一層樓，可想而知電視有多昂貴（不過如果租機，那時一年共約千多元，已是一部電視的價錢，是非常不划算之事）。

　　在廣告右下角，還見到一張簡單的申請表，只要寄回公司，便可得到精美說明書一份，可見當時買電視實在是件非常大陣仗之事呢，分分鐘要開家庭會議決定！

47

美輝牌電視機

社會越來越個人主義，現在一人一手機各自天涯。但在那個年代，很多人都要往別人家裡借電視看，或者花個斗零到一些專門租電視給人看的商店。幾十個人擠在一起看電視，就像去戲棚那樣，非常熱鬧，人與人之間更見親近。

不知有多少人像高 Sir 那樣，為了看電視，曾不惜出賣勞力？

「當年為了免費看電視，朋友要求我幫他做一些小手作，就是捲籐圈（如用於嬰兒籐籃的圍邊），我考慮也不用考慮，就用這做交換條件。因為我實在太『恨』看電視了！」高 Sir 回憶道。

隨著電視機及其他電器用品的普及，現時一部真正高清的廿一吋電視也只千餘元，比當年更便宜，但數千部電視才換到一間三、四百呎新屋，即是樓價瘋狂上升，電視價瘋狂下跌，想擁有一部自己的電視機很容易，想擁有一個安樂窩卻可能是奢想。

廣告中可見，大幾吋的電視，加設滑門設計，貴五百元。我出生於七十年代，記得小學時家中已有電視，也有木門的，不看時需將兩邊木板撥到中間關門，還設有一個鎖頭，非常矜貴。也許到我們購買時已是八十年代，這種電視已便宜了許多，所以連我們此些窮等人家也買得起？

當年電視的矜貴，還見於拍檔阿鵬的另一童年往事：「那時我正在追看一套卡通片，看到一半婆婆突然走過來，二話不說將電視機關掉。我問她做什麼，她說要讓電視『唞一唞』，怕它熱過籠。嗚……我正看到戲肉啊……慘！」

49

美輝牌電視機

這就是當年的有趣寫照。還有那掛在屏幕前的防輻射藍色膠片，掛得不好隨時會掉下來，欣賞電視時又總有隔靴搔癢之感。名牌電視如樂聲牌，後來就有特別設計的顯像管和電路系統，令機前無須保護，也可達到防輻射的功能，但價錢當然會更昂貴。

同時，大家會見到廣告上寫著「獨有按鈕轉換電視台設備」，以「撳掣」取代轉盤選台，見證科技的躍進。不過那時候，電視機的屏幕經常都有很多雪花，要不斷調校天線以令畫面更清晰，

現今電視機越出越大，六十吋、七十吋，甚至一百吋也有，可以將澎湃的影院感覺帶到家中。我們曾經眷戀的微型公仔箱，也跟過氣巨星一樣成為絕響。

公仔箱

某報章報導：
「紅星 XX 終於回歸公仔箱，很快會與觀眾見面！」

　　當今香港最著名的電影大明星，其實不少都是出自電視台，尤其是 TVB，可說是「巨星搖籃」。原來，電視有一個俗稱，叫公 gung1 仔 zai2 箱 seong1。「公仔」是粵語中經常提及的字，它就是仿照人類或其他動物的樣貌製成的玩具、畫像。現今在街上就隨處可見「夾公仔」的無人店。此外，在七、八十年代的香港，「拍公仔紙 *」這種純樸的遊戲就成為很多人的童年回憶。

　　至於「公仔箱」，就是舊時用來形容電視的用詞，因為當年的電視外形像一個箱，又笨又重，並非現在的輕身平板薄身電視模樣。而因熒幕上會出現很多人像，因而得名。這個詞語現在雖然不常見，但間中也有娛樂記者沿用這字代表電視台。

＊拍公仔紙其中一種玩法：遊戲雙方分配一些印有公仔畫像的卡紙，放在手上擊掌而拍，卡紙跌到地上時，誰的公仔向地面，就是輸家，卡紙需給對方，最後誰的卡紙較多便是贏家。

第六篇
麗的映聲
月費計劃

麗的映聲月費計劃（五十年代）

　　在「美輝牌」電視機廣告中，標明可以收看「麗的電視」。當其時香港第一間電視台「麗的映聲」已易名為「麗的電視」，並由收費電視轉為免費電視。那麼，「麗的映聲」的收費時代又是如何呢？

　　在這個五十年代末的「麗的呼聲有限公司」廣告中，可見當時獨家的電視台非常好賺，每戶收二十五元收看電視。（這裡寫二十元，不知是否幫襯它買電視的優惠價呢？）當時普通打工階層只有百多元月薪，豈不是要花五分一人工來看電視？幻想一下，要你現在花幾千元來收看電視節目，你願意嗎？（據聞那時一開台，只有英語頻道，全港只有六百多客戶，再加上七百多元的電視機，完全是一小撮有錢人與知識分子的娛樂吧。）

麗的映聲月費計劃

到了一九六三年，「麗的映聲」增設中文台，以廣東話為主要廣播語言，加上租電視機大約每月四十多元，即是每月約花七十元看電視。那時候，節目主要是新聞報導、體育消息、外國連續劇等，選擇非常少。不過在當年，沒有互聯網，沒有遊戲機打，極度缺乏娛樂消遣，電視節目的吸引力仍是相當之大。

那些年的外國片集有廣東話配音，讓不懂英文的觀眾也可享受，當中有不少在近代被翻拍成精彩電影，例如《亡命天涯》（九十年代由湯美李鍾斯和夏里遜福演出）。

直至一九七三年「麗的映聲」改名為「麗的電視」，正式進入免費時代，不過買不起電視機的市民，仍然是得個「恨」字。

　　可能父母痛錫我們，「死慳死抵」，在七十年代尾終於「上到車」，家中有電視看。還記得那時我們一家很喜歡在晚間追看麗的台的《浣花洗劍錄》，當年只覺「哥哥姐姐好靚」，長大後回望，男的是英俊瀟灑的張國榮，女的是清麗脫俗的文雪兒，一個自殺收場，一個退出銀幕已久。

　　如今，收費電視已日漸式微，有線電視（CABLE TV）曾經幾近結業邊緣，連 Now TV 也要增設免費電視以生存下來。兩間電視台小女子也服務過，眼見最能讓客戶保持忠誠度的，是足球節目、新聞台和電影台，娛樂節目稍為不夠吸引，觀眾隨時「移情別戀」。由於近年互聯網上出現大量不同類型的節目，內容監管較寬鬆，百花齊放，又可隨時隨地重溫，對傳統電視台節目造成衝擊。加上廣告客戶的資源有投向網絡的趨勢，收費電視的生命更變得岌岌可危。

麗的映聲月費計劃

收月費看電視的風氣其實靜悄悄地移植到互聯網
上，一百幾十元一個月，對某些觀眾來説，九牛一毛，
只要內容「啱心水」，仍是很願意支持。不過到目前為
止，收費網台絕不叫普及，仍是小眾的世界。

雖然月費便宜，只佔一般人薪金很低比例，不再是
當年的五分一那般誇張，但同一價錢只能在餐廳吃到兩
餐基本的中午飯，而且一晃眼，「電視撈飯」已變成「手
機撈飯」的情節，經常都會見到一些人邊在餐廳吃飯，
邊把播著連續劇的手機豎在眼前，眼和口都很忙碌。大
家已失去舊時衝回家看節目的激情，也很久沒有因一套
電視劇看到尾聲而流下不捨之淚，因為，明天，又有新
劇要追了！

電視汁撈飯

「我成家人都鍾意電視汁撈飯㗎！」

　　記得小時候，邊看電視邊吃飯是一種很享受的娛樂。自從教了港式粵語後，也才發現原來內地很多朋友從小到大看 TVB，對很多舊電視節目也很熟悉。不過，以現世代的網絡世界如此興旺，電 din6 視 si6 汁 zap1 撈 lou1 飯 faan6 這句說話已不流行，變成一個集體回憶。

　　電視，當然不會榨出汁，它只是一個比喻，象徵電視迷不錯過任何電視節目，就好像要將它們全部「榨出來看個飽」的意思。

　　至於「撈」，其中一意就是「跟某些東西拌在一起」，「撈飯」即是「拌飯」，香港人更多時會說成「送飯」，所以「電視汁撈飯」的意思，簡單而言就是邊吃飯邊瘋狂看電視，用電視節目來「送飯」。

第七篇
麗的呼聲
月費計劃

麗的呼聲月費計劃（五十年代）

「享受美妙節目的聽戶，現已超過 32,000」，對於剛開始營業（一九四九年開台）的「麗的呼聲」來說，這個數字確是一鳴驚人，值得驕傲。

上一章提到看電視要二十多元一個月，至於聽收音機，沒有畫面，當然是便宜得多，只需九元一個月。根據下頁第二個廣告裡的算術題，坐四十五次渡海輪（兩毫一次）＝晚飯一餐＝乘的士環遊九龍一次＝五百廿七小時的精彩節目。這種宣傳手法，在當年呆板的報章廣告中，可算帶來一種新鮮感，而且的確令人馬上感受到九元應該如何運用才是最精明！

麗的呼聲月費計劃

麗的呼聲月費廣告

　　那時候還未有電視機傳入香港，能發聲的收音機已彌足珍貴。不過，對於當年大部分生活捉襟見肘的市民來說，聽收音機仍算是奢侈品，直至十年後商台的免費廣播面世，才令這娛樂更普及化。

　　廣播劇及街市行情，是那些年的電台最受歡迎的節目之一。李我（無線處境劇《香港81》裡的相士覺悟因）的天空小說最為驚人，可以對著空氣虛構百幾個故事，一人飾演多角，栩栩如生，簡直是前無古人後無來者，對於我這個做節目時也喜歡「扮聲」的小小後輩來說，實在是非常景仰的世外高人！

麗的呼聲月費計劃

　　據悉，當年李我叔之無敵，吸引到他後來的太太蕭湘，以及「播音皇帝」鍾偉明（二零零九年去世）斟茶拜他為師，二人亦沒有讓他失望，在廣播界闖出名堂。據聞李我叔當年收入多過港督，他在廣州錄完音後，經常坐飛機到香港的陸羽飲茶，飲完再回廣州。當年，來回兩地的機票達七百二十元，差不多等於打工仔大半年薪水！可見他年青時揮金如土的豪氣作風。

　　今時今日，我在網台的奇案節目中，無論多疲累，也堅持在 Talk Show 之中加插一點廣播劇的元素，是因為我認為這是香港電台史上的瑰寶，很值得去承傳。還記得十年前在商台工作的時候，我要製作廣播劇，有些資深的控制員，會幫我們設計一些 DIY 聲效，如拿起一塊大帆布在猛撥，製造狂風效果，或者把手拍落大腿上，模仿腳步聲，還會造出不同步速，弄得大家笑哈哈，效果亦不錯，這正是五六十年代承傳下來的土炮播音智

慧。後來我製作奇案廣播劇，也經常利用家中的物件或
自己身體，模仿出各種斬呀殺呀的聲效，而我也非常樂
在其中。

　　記得有一回，由於電台的存倉位置不足，上頭決定
把一些舊錄音磁帶（好像臉盆那樣大）進行大清倉，只
能留下一些質素還可的錄音帶轉做數碼保存。於是我便
充當「劊子手」之一，逐盒帶收聽，聽到商台經典的長
壽廣播劇《怪談》，簡直好像被它吸了靈魂那樣。但可
惜，由於磁粉已掉了太多，收音不清，最終不少寶貝都
要被迫殺掉，浪費了前人的心血。那時心裡真的覺得很
可惜，然後跟自己說，將來有機會的話，我希望讓這些
廣播劇重現！可惜，現實是，製作廣播劇實在太花時
間，除非只做廣播劇，其他節目都不做，便可應付，但
我自問沒有李我叔當年「聲音當黃金賣」的本領！

齋聽

「你又唔係目擊者，點解齋聽人講就信晒？」

在這個被影像主導的年代，電台已逐漸式微，但在七八十年代的香港，很多人「齋聽」精神上已很滿足呢！

什麼謂之齋 zaai1 聽 teng1？首先要理解這個「齋」字，它除了代表素食外，還是一個虛詞，意思就是「只有、純粹、單是」，例如「齋啡」（沒糖沒奶的咖啡）、「齋講唔做」（只會講不會做）、「齋 talk」（只是講）。所以，延伸到「齋聽」，意思就是「只是聽」，沒有畫像可以看。

第八篇
紅A

紅 A

　　假如你在七十年代處於中小學的求學階段（如我），必定記得「紅 A」太空唥的魔力。不過，在此，首先想提一提紅 A 一種較不為現代人熟知的經典產品——牙刷。

　　原來，紅 A 第一件生產的貨品，不是太空唥、漏斗椅或者水殼，而是你想也想不到的牙刷。

　　就算你不用水桶，不用膠唥，你總得用牙刷——這是市場極大的個人必需品。紅 A 於一九四九年在香港開展其塑膠事業，第一件想到的就是賣牙刷，也有其他刷類的產品。見到廣告上，有一個在刷牙的人、一枝開了蓋的牙刷、一枝蓋著的牙刷。現在大家可能覺得牙刷有蓋是很正常的事，但在當年，算得上是體貼有心思的設計，令人感到更衞生和包裝高雅，而且聲稱用完放回玻璃筒內可保用一年，非常耐用。

　　前幾年，筲箕灣開業三十年的老牌缸瓦舖光記結業，就有不過三十歲的市民狂掃紅 A 絕版產品，當中也包括早期出產的牙刷。相信他們買回家後，必定捨不得用這古董。

紅 A 牙刷（五十年代）

紅 A

　　但大家可會覺得奇怪，為何明明是紅 A 出產，廣告上除了紅 A 標誌，卻寫著 ACE「啞詩依」的品牌大字？原來，這背後有段古。

　　話說創業之初，星光實業有限公司的確是以 ACE 做品牌名，取其皇牌、第一之意義。到了五十年代中期，由於開始有了註冊制度，ACE 馬上趕往註冊保障自己，可是後來發現原來 ACE 早已被一個撲克牌牌子捷足先登註冊了！

　　幸好，公司臨危不亂馬上變陣，索性將 CE 兩個字刪走，只保留 A 字，加上其後將商標設計成白 A 紅底，便被順口稱作紅 A。

　　事有湊巧，下筆時剛好看到另一間非常成功的本地零售連鎖店——日本零食公司 759 遇上註冊危機。話説公司打算進軍國內，以山東做據點，開設第一間 759，才發現不但 759 被註冊，就連相關的字眼都被有心人早著先機註冊了（連「柒伍玖」也不能倖免）。此事把林主席弄得非常懊惱，至於如何解決，在這刻仍未有答案。

　　雖然跟星光的情況並非完全一樣，但前輩有高度應變力，加上其後自強不息的毅力，無心插柳柳成蔭，化危為機，壞事變好事，紅 A 聽上來必定比 ACE 更親切及深入民心。相信它的成功對 759 也是一個很好的楷模，以林主席的能力相信也能渡過此難關。（剛巧 759 的控股公司叫 CEC 國際，也有三個英文字母呢，但並非品牌名稱。）

牙擦

「陳大文份人真係好牙擦，
成日話自己好多女仔鍾意！」

「牙刷」中的「刷」字，坊間有兩個讀音，一個是
caat3，一個是 caat2。

實則正音只有前者，但普羅大眾都是讀後者，變成
很正常的發音。至於「牙擦」這個詞語中的「擦」字，
亦是只讀 caat3，它的意思跟「刷」不同，「刷」解為
去掉污垢，而「擦」就帶有磨擦的意思。在粵語中，「牙
擦」是帶有貶意的，意思就是囂張、自以為是、喜歡炫
耀等。例如，卡通片《哆啦 A 夢》中就有一個有這種
性格的男孩，叫「牙擦仔」。為什麼這種行為會被指為
「牙擦」呢？它跟磨擦的意思無關，那麼跟牙刷這種日
用品又是否有關連？

據稱，它的出處來自上世紀二十年代的廣州。一間
雜貨店為了增加牙刷的銷量，想到隨刷附送淮鹽給人刷

牙，再送「脷刮」（刮走舌苔的用品），然後在海報上以「牙刷刷、鷚（舌）刮刮，財路全憑口齒去開發。」來做宣傳。後來這順口溜就傳遍全城，牙刷亦跟老板那種自誇自大的特性連貫起來，然後又不知怎地，「刷」的同音字「擦」被用上，衍生出「牙擦」這個詞語。亦有說刷牙跟刮舌後，變成「洗淨棚牙」、「洗淨把口」，諧音就是「死淨棚牙」、「死淨把口」，意即堅持用口來稱讚自己。

紅A

自牙刷之後，紅A便全面起航，成為塑膠家庭用品一哥。據說當年其工廠的用電量是九龍區第二高，可想而知其生產量多驚人。雖然價格比同類產品略昂貴，但其搶眼設計以及耐用的特色，卻吸引到大量捧場客。到七十年代，大部分家庭中，總有兩三件紅A產品，印象中小時候家中就買了它的水殼、漏斗椅和踏腳椅。童年時又經常踏著紅A的椅子，偷雪櫃冰格的雪糕吃。

至於另一廣告中所見的塑膠冰壺，媽媽說她有些工廠內的工友也有使用，能保暖又能保冷，一物二用。

紅 A 塑膠冰壺

紅 A

六十年代香港排隊輪水實況

　　至於紅Ａ膠水桶，也必定高踞熱門家庭用品榜頭
幾位，它勝在夠輕巧，可以用上很多年，不怕生銹，不
易損毀。到了一九六零年代，香港多次實施制水，曾試
過四日只供水四小時，家家戶戶都需要上街排隊輪水，
非常慘情。現在越住得高越神氣，但那時候則越高越慘
情，需得大叫「樓下閂水喉」！香港遭逢這水劫，紅Ａ
的確發了個小財，輕便水桶成為搶手貨。不過，大家翻
看當年排隊的街頭圖片，依然看見很多人擔著沉甸甸的
鐵桶取水，可見雖然紅Ａ水桶銷量大增好使好用，低下
階層未必人人買得起。

好膠

「佢個人真係好膠，都唔想同佢做 friend。」

　　在六七十年代工業化的香港，「膠」很純正地代表塑膠這東西，但時至今日，在香港它已化身為網絡用語，發展至有很多層面的意義，而且跟髒話沾上邊！首先，膠 gaau1 這個字跟極為粗俗的閪 gau1 是諧音，後者解作愚蠢，故膠字也隱含著同樣意思，例如上述例句，就是恥笑人做事十分愚笨，不想與之為伍。

　　此外，膠也可解作無聊、無意義、低智商，如「呢個電視台拍埋晒啲膠劇，搵鬼睇」。有些藝人整容十分著跡，觀眾在電視前看到他們的樣子，很多時會笑說：「佢個樣好膠喎！」就是指藝人的樣子很假，很生硬的意思。

紅Ａ膠桶（六十年代）

　　紅Ａ是一間管理優良的公司，它知道「發災難財」不是值得自誇的事，反而在過程中處處表達對社會福祉的關心，發財立品，建立良好企業形象。例如，它在一個廣告中，說明制水期間，紅Ａ需大量增產以配合需求（據說增加十萬個），但明白到經濟不景，市民生活捉襟見肘，呼籲零售商切勿乘人之危抬高價格，好讓多些人可以有能力購買水桶。觀乎現代一些企業唯利是圖，要賺盡每分每毫，紅Ａ的溫情的確窩心。

008 interesting old AD in HK

紅 A

在銷售膠花灑的同時，星光公司又順帶幫政府一把，做些「公眾教育」，構想出「一加侖水沖涼新法」，圖文並茂地囑咐市民依法使用，達到慳水得來又衞生之效用。

紅 A 小花灑（六十年代）

很明顯，星光很懂得掌握社會脈搏，配合各時之需，包括響應九年免費教育，在七十年代推出風靡校園的紅 A 太空喼，也是我們這一代的經典集體回憶之一。

紅Ａ太空喼（七十年代）

紅 A

紅 A 太空唥廣告

「跌唔爛、踏唔扁，可以當櫈仔坐，落雨都唔怕入水」，是當年紅 A 太空唥的宣傳口號。產品有紅、藍、啡三款供選擇，不用說，搶眼的紅色是最受歡迎，鮮艷奪目、用起來夠醒神，是紅 A 的賣點之一。

記得在小學期間，每每看到有同學仔拿著新的紅 A 太空唥上學，趾高氣揚的樣子，有些還把自己的名字「雞乸咁大隻」寫在唥面，心裡便很妒忌。回頭看著自己大腿上那個老套的尼龍繩背包，便越覺不順眼，想消滅它。

紅A唥當年到底賣多少錢一個呢？據一名聽眾印象所得，約為二十八元左右。當年一張十蚊紙已可以買很多東西，五元可以請朋友吃炒蜆加東風螺吃個飽。

紅A唥另一賣點是身輕如燕，但實則上這個是它的最大缺點。基本上，由於它是硬身，完全沒有卸力可言，當塞滿書本後，它會「重到阿媽都唔認得」。加上只能用一隻手揪著，對於發育期間的小孩子來説其實也頗吃力的。我們這些「背囊一族」最少可以並肩承托，應該是沒有那樣辛苦。

一位網友留言，説她小學時因為在課室裡搗蛋，老師竟用紅A唥做「刑具」，罰她站著舉唥，令她又尷尬又受苦，此情此景畢生難忘。（這算是另類體罰吧！）現在回想起來，其實一個豆丁拿著個唥上學，好像扮大人上班的模樣，未免有點「老積」，失去一份童真吧。

紅 A

不過，既是「靚」、「型」、「潮」，「威」，它的缺點已是微不足道。這個太空喼還有一個賣點，就是可以當櫈仔坐，一位七十後聽眾便提到，當時上學經常要排隊，有時太倦了，便坐在喼上休息，的確不錯。但後來卻被老師責備，説人人都站，何解你卻坐著，馬上叫他站起來，他心裡覺得委屈，含著一眶眼淚，自此之後竟恨起那個喼來，不再帶它上學，現在他想起來也覺真幼稚，哈哈。

説到將喼當櫈仔坐，不得不提另一隻同類型的太空喼，當時算是紅 A 的競爭對手——阿波羅喼。由於六七十年代阿波羅升空，令商家想到用它做喼的名字，聽上來響噹噹夠煞食。它比紅 A 貴得多（據聞一倍以上），不過據用家稱，它貴得來有道理，不論用料、手柄及金屬扣質素，都比紅 A 勝一籌。尤其那個手柄，是可以摺疊的，變成坐在喼上更舒服更方便，不會像紅A 那樣「頂住細佬」。

　　不過無論質素多高的產品，使用不當，也有機會發生危險。我在網上就找到一個網友關於阿波羅唸的恐怖回憶：「二年級時有一位同學不小心把手指卡在唸上的金屬扣內，加入生油番梘都無法拔出，校工提議用手工鋸鋸掉金屬扣，該同學一見到手工鋸便即時大哭起來，到最後惟有把他送到醫院去（好像用一些金屬鉗之類的東西剪掉）⋯⋯永遠也記得副校長一邊雙手抱著同學，另一邊校工托著書唸的情景⋯⋯」

　　這個「書唸驚魂」聽上來也頗心寒，不知那學童是否留下陰影，以後見到唸都活像見鬼？

　　或自我膨脹，或憎人富貴，攜著對太空唸的愛恨交纏，小學時代就是如此經過。

唂

《國產凌凌漆》周星馳：
「喺我腳底下呢個唂，唔係普通嘅唂，
而係唂中之神，簡稱『唂神』！」

　　在周星馳的經典港產片《國產凌凌漆》裡，有一幕是他用自己發明、裝有彈弓的唂嘗試把自己從大屋外彈到大屋內，並稱這個偉大發明為「唂神」，成為攪笑戲碼，深深留在觀眾腦海中。

　　這個唂字，香港人在日常生活都會不時談到，粵語發音是 gip1，例如「行李唂」、「皮唂」，並且很多時在書寫時，都會寫出這個字。但其實這個字的正寫，是篋 haap6，故此應寫為「行李篋」、「皮篋」。

第九篇
駱駝牌熱水壺

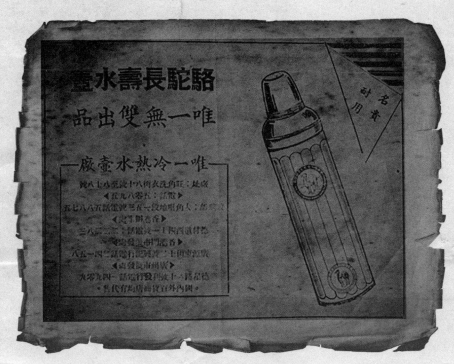

駱駝長壽水壺（四十年代）

　　潮流興復古，網民大力推崇本土精神，媒體催谷之下，近幾個月駱駝牌熱水壺復刻版突然大行其道。一款十隻亮麗顏色，容量只四百五十毫升，嬌小玲瓏，加上仍然 sell 駱駝牌的雙層玻璃內膽，比不銹鋼的優勢是可以安心放熱中藥及酸性飲品，令不少貪靚貪方便講求健康的 OL 一時間趨之若鶩。更有人在網上炒到五百元一個，實在是趁火打劫是也。

　　廣告中的駱駝長壽水壺，其生產商於一九四零年已在香港建廠，是當時唯一的冷熱水壺廠。其後，有以製造飯壺起家的金錢牌分一杯羹，成為駱駝牌多年競爭對手。因駱駝是沙漠之舟，雙峰儲水夠耐力，故得名。當年的廣告口號是「一味靠滾，勝在好膽」，一語相關，十分抵死，至今很多上一輩仍然津津樂道。

駱駝牌熱水壺

　　駱駝牌熱水壺有不同款式，當中最令人印象深刻的，應該是現在看起來極富「娘味」的大牡丹花圖案（好像我家中曾經有過）。不過其喜慶之感，卻令它變成當年過門大禮佳選之一。

　　它還有一種很窩心的設計，叫做「哺兒安」。其實就是一個蚊型一點的熱水壺，壺蓋呈子彈型，配以一個奶嘴配件，可讓父母把活塞拔起，換上奶嘴頭，將水壺直接變奶嘴，用作餵哺嬰兒，在當年嬰兒產品不普及的市場上，大受媽咪歡迎。

　　真空水銀內膽雖然有極佳的保暖作用，但會有爆裂而引發意外的危機。就以近年為例，有人試過帶這類暖壺坐地鐵，內膽突然爆裂釋出白煙（應是內裡的水銀粉末）；有人試過用金屬匙羹食飯時用力過猛，擊穿內膽，令玻璃碎片四散濺中右眼受傷；也有人試過內膽爆裂後，連壺底也穿了，被滾水灼傷。不過，發生意外的水壺不是駱駝牌，很可能是內地出產，價錢便宜質素方面沒什麼保證的產品。

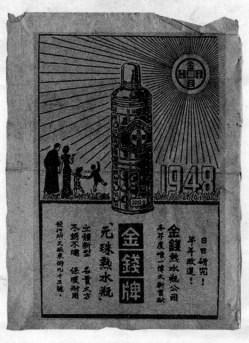

金錢牌熱水壺（四十年代）

又看看另一個一九四八年的廣告，駱駝牌的對手金錢牌推出熱水壺，口號方面也煞是浮誇了一點：「日日研究，年年改進」、「本年度唯一偉大新貢獻」（是世界唯一，還是公司唯一呢？）此外，又將金錢化為天上的太陽，發出閃耀奪目的光輝，照亮一家四口，讓他們感到充滿希望，彷彿人生也從此改變那樣⋯⋯其實我真的很想給這廣告一個讚，浮誇得來夠壓場感，勁敵當前，它們也難免要「自吹自擂」一番，才能搶消費者眼球，太平實的話便一點宣傳效果都沒有。

93

駱駝牌熱水壺

文中寫著「元珠熱水瓶」，如果沒理解錯，意思是指瓶上的圓珠花紋吧！這個立體設計，確實顯得更名貴大方，賣相更見吸引力。不知以前多少人為了這美觀設計而捨駱駝要金錢？

不過隨時代轉變，玻璃內膽熱水壺逐漸被水泵式暖水壺和電熱水壺取代，剩下茶樓和少數念舊市民堅持使用。但見伙計輕盈地舉起熱水壺，熱茶溜過銀色的尖壺嘴，順著一條拋物線滑入茶壺內，總會感到那壺茶特別好喝！

看著我朋友家裡使用了四、五十年的水壺（但不是駱駝或金錢，據聞在一間叫中孚的國貨公司購買），那年月消磨出的凹陷銻面，更覺風味。

原來舊時
　香港
這樣　賣廣告

使用了四、五十年的水壺

駱駝牌熱水壺

「我老豆說世界上沒有任何熱水壺比它好，內膽亦一直沒爆破，堅持不肯換新壺，真是很頑固！」朋友雖然略有微言，但我卻很欣賞其父。他的念舊和專一，令這個長壽水壺逃過提早送去堆填區的厄運，得以滿臉風霜地繼續貢獻自己，散發生命餘溫。假如每位老人家都可以這樣，多好！

太子基隆街與砵蘭街交界曾有間著名的「水壺醫院」，我以前住在附近時經常都會路過，但數年前已宣佈結業。黃老闆子承父業，數十年來幫街坊換水壺內膽，坦言每宗生意只賺幾十元微利，志在服務街坊與過日辰為主。最終決定把舖位以過億元售出。據悉買入價是十五萬，幾十年間賺了一百倍，非常瘋狂，這是賣幾多修理幾多水壺都不能相比的事。

　　尤記得醫院門外有一個很標誌性的裝飾，四呎高的巨型水壺，上面用紅漆寫著「滾黃」兩個大字。隨著醫院結業，據聞老闆想將這個巨型水壺送給博物館，讓後世留個紀念呢。

　　醫院消失，垂垂老矣的熱水壺仍散落尋常百姓家，但願它們的熱情能延續千秋萬代。

滾水淥腳

「你返咗嚟無幾耐，又滾水淥腳要走啦？」

滾水，就是熱水。淥 luk6，跟「六」同音，原本是指湖南的淥水，傳至廣東後，逐漸演變成「在熱水中燙」的意思。

滾 gwan2 水 seoi2 淥 luk6 腳 goek3，是指好像被熱水燙到了腳，引伸為「急著離開、來去匆匆」的意思。

平常，「淥」也會應用到其他地方，如「淥麵」，就是煮麵，香港有火鍋店叫「淥鼎記」、「淥拾年代」，都是借用「鹿」、「六」的諧音，同時表達出店舖是吃火鍋這一層意思。

第十篇
碧麗宮戲院開幕

碧麗宮戲院開幕（一九七九年）

　　論香港歷史上最為人津津樂道的戲院，我立即就想
到兩間，一間是最猛鬼的灣仔東城戲院（前身為萬國殯
儀館），另一間則是堪稱最豪華的戲院——銅鑼灣的碧
麗宮。

　　現在的 World Trade Centre 前身就是碧麗宮戲院。
它於一九七九年十一月十四日（星期三）開業，前身是
碧麗宮夜總會，因開支龐大無以為繼，由邵氏公司購
入，簽了一張很長期的租約，所以「落足本」，花費
六百萬裝修，以播映西片為主。

　　它賣點多多，設有最新式放映機，以及當時最先進
的「杜比新歷聲」音響系統設備，觀眾坐於最前或坐於
最後都可以享受同一樣的聲浪，極盡視聽之享受。加上
其絲絨沙發座位（當時很多戲院仍用摺椅），非常舒適，
也不用每每縮起雙腿讓別人走過狹窄的前方通道。不過
要得到這種享受，得付出比一般戲院貴三分之一的價
錢。開業時，特等座位收費十五元，可以吃三頓午餐了。

010

碧麗宮戲院開幕

　　雖然我沒在碧麗宮戲院看過戲，但據網上圖片及聽眾描述，一走進碧麗宮，便感到好像置身一個劇院，開闊的圓拱形天花，燈火通明，瑰麗堂皇，坐在闊落的沙發上遙望巨大銀幕欣賞電影，會感到物超所值。亦有人坦言，其實除了貪舒適，也為著一份虛榮感，因為那時年青嘛，總喜歡扮大人扮有錢人，去完碧麗宮後便覺得臉上貼金。如果能夠請女友去更好，對方必定加多自己幾分。但可能看完戲後，已沒有能力再請她吃飯了，哈哈。簡單來說，碧麗宮是 sell 派頭。這裡連廉價的早場、午夜場都欠奉。

　　剛好與此同時，油麻地普慶戲院（現在的逸東酒店）也進行了大裝修，聲稱花費一百八十萬換上了新歷聲立體音響系統、新銀幕、現代化舒適型座椅、全新冷氣……指這正適宜放映太空超未來鉅片《異形》，因為此電影正是以杜比立體聲效果攝製。此番投資，未知是否普慶戲院感到競爭越來越激烈，需及時提高自己的競爭力？不過當然在收費方面，它並非走碧麗宮的高檔路線。

碧麗宮戲院上映電影

碧麗宮戲院
暫停營業啓事

自昨（十六）日起直至另行通告為止，暫時停止放映。有關已訂購戲票者，可向本院預售處取回票價，不便之處，祈為原諒。情非得已。

碧麗宮戲院謹啓

一九七一年十一月十六日

碧麗宮戲院
照常營業

本院自即（十八）日起，繼續放映電士公司出品，本季全球賣座冠軍巨片「異形」。敬希提早購票入座，以免向隅。

碧麗宮戲院謹啓

一九七九年十一月十八日

碧麗宮戲院 暫停與重新營業啓事

104

　　但有一件事很少人談及過，就是其實碧麗宮開業的
第三天，已在戲院及報章上刊登啟事，宣布暫停營業。
相信除了裝修之外，大家也很少聽到戲院會突然暫停營
業吧，何況只是剛開業？

　　當年報章沒有大肆報導此軼事，只看到一則短文，
乃記者訪問碧麗宮的管理員到底發生了什麼事，對方表
示早上收到總寫字樓通知，吩咐他張貼啟事就是，其他
就一概不知。

　　不過，暫停營業的時間只是維持了兩天，碧麗宮又
恢復營業。未知背後原因是有關方面沒有張揚，還是我
找不到相關報導？這個「忽然停業」也實在蹊蹺。

碧麗宮戲院開幕

　　曾經在碧麗宮上畫的經典猛片不能盡錄，包括《亂世佳人》、《阿拉丁》、《與狼共舞》、《時光倒流七十年》等。《99當年奇聞》主持阿鵬提到一次到碧麗宮看大片的經驗，十分有趣：「記得一九八七年左右，父母帶我去那裡看一套長達三個多小時的電影，叫做《末代皇帝》，講溥儀一生的故事，結果做到一半，戲院設中場休息，好像看舞台劇那樣，現在想起來也夠有趣！」

　　如此震撼時代之戲院，可惜只營運了十五年，便因利潤太低，業主重新發展作其他用途，一九九四年告別光輝歲月，最後一套電影為安東尼鶴健士主演的《情迷血瑪莉》。

　　沒有被碧麗宮震撼過，有沒有遺憾？我會安慰自己一句：集體回憶已令我如臨實地，用不同角度看到最遼闊最全面的碧麗宮！

黑麻麻

「嘩，呢間屋黑麻麻咁嘅？光線好唔充足喎。」

　　進入戲院看戲，當然是伸手不見五指，這個時候也可以說裡面「黑麻麻」，即光線昏暗之意。要留意，粵語裡很多疊字都是兩個相同字但不同音，而且並非正音，只是口語。例如麻的正音是 ma4，但黑 hak1 麻 ma1 麻 ma1 中，麻變成第一聲，有人也索性會寫作黑 hak1 媽 ma1 媽 ma1。其實還有一個正字，涉及一個很複雜的古字——矇 mang4，同音字是「盟」。這個字在古代有幾個意思，包括「中國春秋時魯國邑名」、「一種蟲名」以及「黑暗」。在日常生活，很多香港人也會說 黑 hak1 矇 mang1 矇 mang1 或 黑 hak1 矇 mang4 矇 mang1，更多會說成黑 hak1 咪 me1 矇 mang1，來源已無從得知。

第十一篇
麗宮戲院開幕

麗宮戲院開幕報導

「麗宮有落吓！」

回憶是一條拔不掉的根，就像長大後父母總是堅持叫你乳名一樣。

有段時間我搬到新蒲崗居住，經常坐小巴回家，不知怎地常常聽到乘客說「麗宮有落」。後來才想起，位於彩虹道的越秀廣場正是名噪一時的麗宮戲院是也。

就像牛頭角邨的街坊，仍會叫「第三座有落」；銅鑼灣小巴還寫著「大丸」的總站名字。

麗宮戲院建於一九六六年，與碧麗宮只差一字，但絕對不是後者抄襲前者，純屬巧合（碧麗宮夜總會於一九七五年開幕，英文名 Palace Disco，碧麗宮為半音譯，戲院沿用它的名字）。

麗宮戲院開幕

麗宮戲院開幕（一九六六年）

回頭看它初上華燈時，極盡星光熠熠，氣勢有甚於碧麗宮開幕。戲院首映電影為《彩色青春》，開幕當日有女主角陳寶珠登台，胡楓擔任司儀，蕭芳芳獻剪，並由簡悅強議員（已故，父親為東亞銀行創辦人之一）主持剪綵。此外還有報紙全版廣告誌慶，落足重本宣傳。

電影《彩色青春》

011

麗宮戲院開幕

麗宮這名字這開場也夠氣勢非凡，但實際上，它是一間極平民化的戲院，主要以廉價作招徠。

它最大特色是專播二輪片（在其他戲院已落畫的電影），以港產片為主，也有少量西片。假設你不一定要先睹為快，不著重舒適度或交通方便度，最緊要平，麗宮就是最好的選擇。以八十年代尾計，一張普通場次的戲票，中座要十元，後座多五元（前座最平），價錢平均比一般戲院便宜一半左右。

　　麗宮另一特色是夠大，而且大得誇張，有三千個座位，堪稱全亞洲最大戲院！它開幕之前兩年，土瓜灣馬頭涌道的珠江戲院開幕，以擁有接近一千九百個座位自豪，想不到麗宮很快打破這個紀錄。不過，戲院的發展是越來越縮水，演變成通街迷你戲院，這種規模根本已後無來者。

　　在新蒲崗長大的網台主持何故，對麗宮的另一種「大」印象記憶猶新：「很多經典西片我都是在麗宮看的，尤其最喜歡《Star Wars》，那巨大銀幕（七十四呎），讓我有如置身外太空，仰望巨星，真的是一流享受！我想現在只有尖沙咀 UA iSQUARE 的 IMAX 可以與它相提並論。我到現在都是《Star Wars》迷，一切源於麗宮！」

麗宮戲院開幕

　　據聞，麗宮戲院的開辦目的，是為了造福社群，以低廉票價為勞苦大眾提供娛樂，雖然銀幕夠闊，但始終沒有什麼靚裝修，座位也不會太舒適，有人更批評它地方不潔，但對這些方面要求不高的觀眾，仍可以因為「平價」二字而享受到電影這娛樂。而「薄利多銷」的原則，亦吸引到一群長期捧場客，令戲院撐足二十六年，至九二年才落幕。

　　如果以女孩子作比喻，碧麗宮冷傲、高不可攀；麗宮親切、平易近人——兩者各擅勝場，各有愛慕者，讓香港人享盡多年「艷福」。

戲飛

「我哋一陣去到戲院，先至買戲飛。」

　　書面語的「戲票」，在粵語中稱為「戲 hei3 飛 fei1」。這個「飛」字為何解作「票」？原來它源自唐朝的「飛錢」。當時一些商賈，覺得帶著真金白銀出入很不方便，又怕遭劫財，於是朝廷就印發一些「飛錢」，將之分為兩截，商賈拿著飛尾去進奏院，與飛頭做配對，便可兌回真金白銀。現在的觀眾則拿著戲飛入戲院，工作人員撕走飛頭，剩下飛尾在觀眾手中。

　　此外日常生活中也有「車飛」、「演唱會飛」，但卻沒有「飛機飛」，一定要叫作「飛機票」呢！

117

第十二篇
經典鹹片

《財．名花．星媽》
（一九七七年）

不錯，這是一套鹹片，但不是一套三級片。

一九八八年，香港才實施電影三級制，在此之前，香港是沒有所謂「三級片」，只優雅地稱作「風月片」，大家現在仍不時在大銀幕見到的邵音音，正是六七十年代紅極一時的艷星。

七十年代尾，猶抱琵琶半遮臉的色情電影，在政府再次放寬電檢制度下，越加大膽。這套由呂奇執導的《財子・名花・星媽》，就是香港色情電影史上的經典之作。其中一幕出浴鏡頭，女主角陳維英在鏡頭前展現「神秘三角」數分鐘，令觀眾嘩然，奠定陳維英性感女神地位。

雖然這是套色情片，但參演的都來頭不弱，艾蒂、凌黛、潘冰嫦、陳維英、邵音音、胡楓等都是當時得令的玉女小生。此外，電影不是純賣色情，而是揭露上流社會人士如何玩弄女星，星媽如何貪慕虛榮的黑暗面，可算淫得來寫實。

經典鹹片

《伴浴女郎》

　　試看看跟這套「露毛片」同時上映的另一套色情電影《伴浴女郎》的廣告，可見宣傳語句上只一味渲染「夠鹹」，什麼「欲生欲死」、「胡天胡帝」、「三十明月無遮無掩」、「保證正嘢」等，就連幕前幕後的名字都欠奉。很明顯，這只屬低級之作，純賣色情。

　　在這段時期還未有三級制，這類低檔次鹹片充斥市場，但由於十八歲以下也可入場，始終「鹹極有個譜」，片商惟有掛羊頭賣狗肉，在宣傳上極盡誘惑，把不少對性好奇的男觀眾引入場。結果他們不時有「被騙」的感覺，性慾高漲入場，頭耷耷沒癮地離場。不知這套《伴浴女郎》是否也曾令入場者空興奮一場？

經典鹹片

曾經有一位八十後出生的聽眾阿 Ray，也透露過他一段關於看鹹片的童年陰影：

「記得四、五歲時，爸媽帶了我去深水埗黃金戲院（即現在黃金商場）看戲，見到一些哥哥姐姐沒有穿衣服攬呀錫呀，當時不太懂事，後來想起那套其實是鹹片。我就是這樣看了我人生的第一套鹹片！」

還想提提早已結業的金明戲院（即西灣河文娛中心對面，現麥當勞位置）。這是我中學時代最熟悉的三級戲院，因為我是在筲箕灣區上學的。當時就經常聽說那裡有很多鹹濕阿伯打躉。而且有些男同學會用「膠紙貼校徽」的古惑方式，放學後把校徽脫下，偷偷溜去看鹹

片，離院後將校徽貼回恤衫上，神不知鬼不覺。（當時
雖沒設年齡限制，但鹹片始終「兒童不宜」，戲院一般
不讓未夠秤的觀眾入場。）

　　直至八十年代尾，有了三級片制度，叫得三級的電
影都真是「有料到」，吸引更多觀眾入場。很多本來主
打大片的戲院如油麻地、銀都、大華等，都改播三級片
救票房。後來更發展出如佐敦官涌戲院那種全天候播三
級片，一票全日通的「阿伯性地」出來，還傳出這種戲
院一般地板都是「痴立立」，以及男廁永遠「無晒廁紙」
的都市傳說。但因後來 VCD 大行其道，中日外國鹹片，
在家中可任君品嚐滿足獸慾，三級戲院漸漸江河日下，
起碼失掉了一群年青宅男市場。

經典鹹片

　　説起三級片，我也有個私人故事分享。話説九零年，我剛剛跟一個女同學取了成人身份證。為了慶祝，我倆竟跑了去大華戲院結伴看三級片（片名忘記了）。還記得走近查票人的時候，心裡噗噗亂跳，把身份證捏在手裡等他開口，果然他真的查我們身份證。當時覺得很刺激，因為終於可以做大人的事，現在想起來覺得十分搞笑，女孩子這個「成人禮」也夠特別吧。

鹹濕伯父

「你睇嗰個鹹濕伯父，望住個靚女流晒口水。」

鹹 haam4 濕 sap1，在粵語的意思是指淫穢、好色，主要是指男性方面，例如「鹹濕佬」；但如果對女性的話，就很少會說「鹹濕婆」。

至於「鹹濕伯父」中的伯 bak3 父 fu2，父的發音由第六聲變成第二聲，就像「唐伯虎」中的「伯虎」發音；雖然唐伯虎都是風流成性，但這裡的「伯父」跟他沒有關係，主要是指老年的男性。「鹹濕伯父」整體來說就是指一些色心旺盛、貌帶猥瑣但又有心無力的老年男子。

第十三篇
海城請拳王之謎

海城請拳王之謎

　　落筆的這一刻，尖沙咀新世界中心正在重建中，將於二零一九年揭開新一頁，命名為「Victoria Dockside」，「Victoria」代表維多利亞港，「Dockside」指該處原址藍煙囪碼頭，重建後將會主打藝術、設計與消閒體驗。

　　說起這個地方，無非想跟大家回顧一下曾經在這裡屹立二十年的海城大酒樓夜總會。

　　海城於上世紀末結束營業，是香港曾幾何時的「九大酒樓夜總會」之一，其餘還有喜萬年、月宮、珠城、新都城、海洋等。關於海城最耳熟能詳的輝煌史，當然是不少天皇巨星都在這裡表演過，包括徐小鳳、羅文、甄妮、鄭少秋、溫拿等。在未有紅館之前，這些著名夜總會可算是歌迷的追星之地，為近距離接觸偶像，多貴的門票也捨得付。

海城請拳王之謎（一九七九年）

海城請拳王之謎

「我最記得當年看甄妮演唱,她晚晚都必唱《再度孤獨》,還必定唱到流晒眼淚,她不流眼淚觀眾不收貨啦,哈哈!」這是一位年過六十的聽眾的海城回憶。

但今次我不想講關於這些太耳熟能詳的事。今次想講的,是沒有什麼人提及過的一宗關於海城的「謎團」!

這要從一九七九年年底的這則海城廣告講起。當時,廣告上聲稱邀請了一個貴賓光臨,還說是「千載難逢」!他是個響噹噹的世界級人物,但在廣告上,卻連他的照片也沒一張,只以一個黑影代替。

　　這個貴賓就是已故拳王阿里。廣告上寫「奇利」，其實是阿里未改作回教名前的姓氏 Clay 的譯音。當其時阿里還有個多星期便會訪問中國路經香港。到他和太太真正來香港那時，同一份報章上有報導該消息，但那裡是叫他做「阿里」的。

　　阿里又好，奇利又好，反正就是同一人——剛宣佈退役的一代拳王。當時，海城開幕不久，聲稱請了這位拳王來表演，還長達四天。

　　這則廣告刊登在表演日期的個多星期之前，一連刊登了幾天，票價不菲——$220！不知有幾多人因為仰慕拳王之名買了票，但奇怪的事就在後頭。

海城請拳王之謎

拳王阿里訪問東啓德營
將滯港越難民苦況
傳遍世界尋求援助

（特訊）牙擦王亞里及其夫人佛朗妮昨日前往東啓德越南難民營作善意訪問，並聚會返英後，將香港的越南難民情況反映至英國社會，傳遍世界各地，並進一步尋求協助解決難民的苦況。

昨日亞里夫婦，在助理政務間歐鎮恩及其夫人和難民管理中心人員佈兆偉陪伴下，在下午三時卅分抵達東啓德越南難民營，並受到徙置越南難民從進會成員等李惠折在場歡迎。

目前東啓德難民營是由明愛中心聯合國難民事務高級專員公署管理，收容越南難民共九千三百卅四名。

亞里夫婦在巡視該營時，受到兒童的歌唱歡迎，歐迎亞里夫婦親善訪問。而該營更安排一隊由難民兒童組成的敲唱樂隊，歐迎亞里夫婦親善訪問。

拳王亞里答覆記者詢問有關訪問談感後，將會採取如何行動時表示：「將會離港赴英後，將本港越南難民情況反映至英國及世界各地國家，籍求動助解決難民苦況。（來）

拳王新聞

　　我發現，後來的報導中提及，阿里於十七號與妻子抵港，但第二天旋即赴廣州再到北京，逗留至二十日。這次他來訪，是「應中華全國體育總會和中國奧林匹克委員會邀請，到中國作嘉賓及示範演出」。這段期間他會「向內地人士介紹拳擊的技術和特色」，並作示範演出。而且，他還跟領導人鄧小平見過面，留下了一張世紀擁抱合照。

　　之後，他坐飛機回香港，二十四日再回美國度聖誕。二十二日，他與妻子曾訪問過東啟德難民營，還表示回到美國後，會向國家及世界各地反映本港的難民問題，以及尋求協助。

　　問題來了——海城的廣告稱他會於十九至二十二日晚上演出，這段時間他身在內地，又如何表演？難道他不單打拳吖，分身術也有一手？抑或是他回港後才登台，時間上遷就他改動了？到底他是否真的在海城的舞台上現過身呢？

135

海城請拳王之謎

抑或，這是個美麗的誤會？廣告上從沒阿里的樣子出現過，而且寫「奇利」，會否指的是另一人？（説出來自己也覺不可思議～～）

可惜問了一些有一定「年資」的朋友，也答不出個所以然來。但有人説的確聽過海城邀請了拳王的事，但因為票價太貴，他對拳王又興趣不大，沒有買票，後來事件有沒有落實也不知情。另一位七十多歲的樂壇前輩，亦聲稱當年阿里確在香港逗留過，他當時在怡東酒店公關部工作，負責接待阿里入住事宜，還跟他握過手，記得他手掌大自己兩倍！但至於其他細節，包括他是否有去海城演出，他實在毫無印象！

世界拳王日內訪華
阿里赴京示範表演
麗的獲獨家播映權
招式特輯阿里索價百萬　麗的考慮中

阿里向麗的索價新聞

　　此外，上述那則新聞內，還提及一宗笑料。原來當時麗的獲得「獨家播映權」，極受歡迎的深夜成人節目《貓頭鷹時間》拍攝隊伍一行九人，正準備跟隊上廣州，拍攝阿里訪中的花絮，以及打算拍攝一個「招式特輯」。不過，麗的付出也不少，除了需付外景費用外，還要支付酬勞給大名鼎鼎的阿里。

　　誰知，根據報章轉述（不確定是否「流料」）：「阿里竟（向麗的）索價一百萬港元。這個數字，麗的還在考慮之中。如果阿里願意減低收費，相信麗的還是會拍的。」結尾，編輯還加插了自己的批判：「這個拳王，是個『無錢無得傾』的『數口之家』。」

海城請拳王之謎

　　實在不知道麗的最終有沒有拍攝這個特輯，但成事的機會很低。一百萬在當時簡直是天文數字，即使減一半依然很貴，不相信麗的會願意付這個價錢。然而，拍攝的安排不會是即興，肯定是之前已經和阿里經理人洽談好條件，才告知傳媒，何以會在出發前一天仍未「傾掂數」？莫非是有人坐地起價？

　　海城的情況又是如何呢？是有人已洽談好相關演出事宜，怕事情有變卦，但又要做宣傳賣飛，所以廣告內容惟有曖昧一點？如果拍攝一個特輯要一百萬，表演四場又要多少酬金呢？若果事後演出之事果真不了了之，有關方面最終是如何收科的呢？如果一個這樣的大人物真的在那裡表演過，何以網上竟完全找不到相關回憶，好像這件事從沒發生過那樣？

　　以上這段關於海城的奇談拾遺，知情者請解一解話，滿足一下我們的好奇心。

撩交打

「你講埋啲咁嘅嘢，即係撩交打嘅啫！」

在港式粵語中，有個詞語叫「打交」。像打拳時，或者日常生活中，二人對打，拳來腳往，就是打交，即書面語的打架，跟單方面「打人」不同。

「撩」表示以手取物、撥弄，在粵語中可以引伸為「挑起某些事端、挑釁」。所以，撩 liu4 交 gaau2 打 daa2 的意思就是，挑動（別人）跟你打架。這種濃縮及精煉的句子結構，是粵語的一種特色，又例如：搵交嗌、攞嘢講、搵嘢做……真是十分有趣！

第十四篇
香港人的尋歡樂園
荔園

香港人的尋歡樂園——荔園（五、六十年代）

　　早前，荔園創辦人邱德根（已故）幼子邱達根，讓荔園在中環海旁復活，成為香港地一時佳話。當時，我也有返老還童地去玩了一陣子，不過因為是工作關係，有通行證，不用花費半分。

　　在《99當年奇聞》節目中，我曾帶點遺憾地說：「我未去過荔園！」然後，被拍檔把我看成史前怪物，不相信我竟然一次也未去過。

　　這是事實啊，小時家裡很窮，五兄弟姐妹，父母單是要照顧我們日常生活開支，已捉襟見肘，哪有閒錢帶我們去荔園玩？但我卻因小學校內的旅行活動，去了好幾次海洋公園呢。

143

香港人的尋歡樂園——荔園

荔園開幕

　　我不知道為何我的小學從未安排過去荔園，每次都是海洋公園，所以就一直沒機會去。雖然它九七年才結業，要光顧還大有時間，但因為要玩過山車、滑浪飛船之類的機動遊戲，可以去我鍾情的海洋公園（當時覺得百去不厭）；要玩擲階磚、射飛鏢這類攤位遊戲，可以去極受歡迎的「歡樂天地」，有得玩又有獎品，根本提不起勁到那麼偏僻的荔園遊樂場（因我是港島人）。

　　畢竟，園不在才懂追憶，聽老友記們談荔園往事談到眉飛色舞，又遺憾怎麼自己竟從未見識過一次，結果只能在二十一世紀的今天去感受那樂園殘留的光影。

　　在我出身前的荔園，更加是陌生，即管從昔日廣告加上集體回憶之力，重塑一下當時的景象吧。

香港人的尋歡樂園——荔園

荔園動物園

動物園

一九五九年這廣告出現時，荔園已開業逾十年。廣
告一大堆字密密麻麻，連圖畫也欠奉，非常死板，基本
上似傳單多些。大字標題的「動物園」，當時啟業八
年左右，是香港第一個私營動物園，在海洋公園未出現
前，亦是全港獨家。

動物園位於遊樂場旁，面積約為遊樂場的七分一。
園內當時的所謂珍禽異獸不太多，主要都是獅子、老
虎、大笨象、鱷魚、猴子、長頸鹿等，後來才陸續增加
品種。而動物園內的明星，肯定就是五十年代初隨沈常
福馬戲團來港的緬甸大象天奴（TINO）。

說起這頭大象，在香港人的集體回憶中，可以用一
個「悲」字形容。當年，馬戲團由於生意不佳無法維生，
於是將天奴和其他動物賣了給荔園，從此展開天奴的囚
牢生涯。

147

香港人的尋歡樂園——荔園

話說牠被困在只有五百呎的空間，腳上綁著重銬，隔著一條水溝和一排矮欄，日夜向遊人乞香蕉吃，皮黃骨瘦，排泄物經常未清理，狀甚可憐，而且發出惡臭，令遊人越來越敬而遠之。

天奴在荔園困了三十年，終於病死了，後來被送去將軍澳堆填區，結束慘淡一生。但牠當年的確為很多大人小朋友帶來歡笑，而沒有善待牠的荔園固然也因為牠做了不少生意。不過，話說回頭，在那個年代，吃狗肉也大有人在，很少人會談及什麼動物權益的話題，相信也幾乎沒有關於荔園虐畜的投訴吧。

網上有人認為應該豎一個紀念碑讓大家憑弔天奴，不知在尖沙咀新開的荔園茶餐廳會否考慮一下這個建議，為天奴做一點事？

荔園戲院

戲院

　　另外，年輕一輩可能以為荔園只有機動遊戲和動物園，可知五六十年代的時候，荔園是有戲看的？原來，當時園內有一個可以容納千名觀眾的露天電影院，從廣告可見，院內有好幾個劇場，不同劇場播不同的類型節目，主要是晚上才開放。除第三劇院外，其他都是用六毫子入場後「任睇唔嬲」，包括第一劇場播外國電影（上映中：《爪哇喋血記》及《落日浴血戰》），每晚分三場；

香港人的尋歡樂園——荔園

第四劇場則播粵語電影（上映中：《清官斬節婦》及《風
雨送魂歸》），同樣是每晚三場。第二劇場播粵劇（上
映中：《夏桀與妹喜》），七點半播一場。至於第六劇場，
則播放一些有地方特色的劇目或雜耍表演之類。另外，
場內還有免費電視看，實在是目不暇給，任君選擇。

　　那個年代，去戲院看一套電影要一元多，很多人家
裡也沒電視，六毫子的入場費，單是看劇，已是值回票
價吧。

荔園戲院「惹人舞」

如果想看點「有味」的內容，也可選擇第三劇場，「惹人舞」大概就是辣妹跳艷舞吧。每晚設四場，需另外付費，最高消費是一元七角。據聞，那時候在旺角東樂和香港大舞臺這些戲院，也有一些色情電影播放，有時還會出一些噱頭，在電影播完後加設「特別場」，就是由婀娜多姿的女郎在台上大跳艷舞，讓男觀眾眼睛吃個美味冰淇淋。這種加料表演的票價會特別昂貴，大約兩、三元。

香港人的尋歡樂園──荔園

那年代，男士們要洩慾，不能像現在那樣，有那麼多色情架步選擇，又或者在家中看鹹碟。那時去戲院看色情電影，也要偷偷摸摸去，自己一個人或相約「損友」一起入場。荔園提供了另一個「合法途徑」，可以跟太太及子女同去，然後當太太忙於看電影，子女忙於玩機動遊戲時，自己便有機會溜去看「鹹嘢」，但當然要有技巧，懂得「執生」，否則可能被人扭耳仔，甚至弄個婚變出來也說不定！

有關那個年代的所謂「艷舞」，讓我想起一個過了世的人。相信大家也有聽過「三狼奇案」吧，就是六十年代一幫人綁架富商黃錫彬、黃應求父子，並把黃錫彬殺害的案件。案中其中一名後來被問吊的罪犯，叫做馬廣燦，綽號「雞鬚燦」。為何他會得此名呢？據聞，因為他在片場或九龍城寨，會替女郎在私處黐上「假陰毛」，好讓她們跳完舞後，把它們當作「紀念品」送給

台下粉絲留念！這聽上來確是頗猥瑣和令人反胃，但在
風月場所，什麼香艷事不會發生？對光顧的男士實在刺
激得來求之不得吧！在那個年代，我想這個「拋陰毛」
的玩意已是頗為出位了！不知荔園內的艷舞表演有沒有
玩得那樣過火呢？

香港人的尋歡樂園——荔園

科學美人

科學美人（一九六九年）

　　荔園曾幾何時的色情元素，還見於一個聽上來未必聯想到色情的表演上，叫做「科學美人」。我不清楚它到底何年何月在荔園開始出現，只知六十年代肯定有它的存在（這份一九六九年的廣告上最後一欄可見）。據聞，它是一個在「恐龍屋」的室內進行的觀賞節目，基本上是一個半裸的女人，站在台上搔首弄姿，然後由燈光師將燈光弄得忽明忽暗，製造神秘效果。

　　「我親戚以前去過看這表演，查實是有個少女站在玻璃箱裡面，只穿內衣褲，手上拿著一把巨型摺扇，一手脫去胸圍後，馬上用摺扇遮掩酥胸；然後一手脫去內褲，又馬上用摺扇遮著下體⋯⋯每當她脫一件，觀眾便齊齊『嘩』一聲，非常刺激⋯⋯男觀眾被弄得慾火焚身，幾乎噴鼻血⋯⋯」網友從長輩口中得到這段口述歷史。

155

香港人的尋歡樂園——荔園

不過，這些表演實屬「踩界」之作，據稱因為太傷風化，曾多次被有關當局檢控，最終更取消了。在這個廣告上，可見所有表演都是有類別的，例如「平劇」、「雜技」、「歌壇」……偏偏就是「科學美人變幻莫測」上面是空白，非常曖昧吧。另外一個同年的廣告，還見到它將科學美人歸類為「魔術」！將名字改為「科學美人」，是想與「刀鋸美人」混淆視聽？實有掛羊頭賣狗肉、取巧之嫌吧。

如果在你心目中，荔園是一個純真的兒童歡笑樂園，恐怕以上的一切會破壞了你的印象！但由此可以想像當時荔園為了爭客，不惜加插三級元素，因為那時還是男權至上的年代，能誘惑到「一家之主」光顧，便能做整個家庭生意，這一招確實有效。

茶舞廳

不知道荔園以往有電影和艷舞看的人，也可能會知道那裡曾經有茶舞跳、有歌聽。為什麼呢？當然因為大名鼎鼎的梅艷芳家傳戶曉的歌女故事吧。

荔園茶舞廳

香港人的尋歡樂園——荔園

梅姐從小就跟隨母親的錦霞歌舞團在荔園演出，不過這則廣告是一九五九年，還有四年梅姐才出生，於六七年左右開始在荔園歌廳以小歌星「伊伊」的姿態現身。

在那個年代，跳茶舞不單受長者歡迎，也是年輕人的玩意，不少男女藉著在舞池跳舞互相結識，可以選擇的地方有酒店、酒樓或私人會所，原來也可選擇去荔園。除了茶舞（歡樂時光），還可跳晚舞，花一元多可以跳足四個半小時跳到半夜，有歌廳有飲品，真是頗逍遙快活的事！

「那個時候，美孚附近有很多工廠大廈，很多工廠妹放工後會結伴同往荔園跳舞，當然也有不少是假日去。那個舞廳比較平民化，大家衣著都是很隨便，跳

牛仔舞呀、Cha Cha 呀、社交舞呀，都是『求求其其咁跳』，都是志在開心！」曾經隨樂團在荔園表演過的 Stephen 叔叔暢談當年的所見所聞。

其實，除了梅姐外，荔園歌廳是不少藝人的搖籃地，羅文、呂珊、尹光、成龍、洪金寶等，就曾是荔園劇場的駐場藝人（羅文更曾經當過三個月的售票員）。

張德蘭小時候也在那裡登過台，她還透露，小時候晚上做完功課還要趕去荔園跳肚皮舞娛賓！（香港政府於一九二二年通過《兒童工業僱傭條例》，至六十年代勞工法定年齡為十六歲，但當時一街童工，執法不嚴。不過，兒童藝人是另一回事，有酌情權，在申請後可以合法聘請。觀乎梅姐和張德蘭的故事，可見當時賣唱小藝人的生涯也頗淒酸。）

香港人的尋歡樂園——荔園

後記

荔園在面對眾多遊樂場競爭下，努力求存，在六十年代初邱德根接手改革後，越來越受歡迎，一九六三年入場人數更到達高峰，達三百萬人，幾乎等於當年香港人口總和。後來又有全港第一個真雪溜冰場、鬼屋等新玩意，創意無窮，成為一家大小假日好去處。

它的真正勁敵在七七年中出現，就是海洋公園（啟德遊樂場的威脅不算大），結果它多捱二十年便壽終正寢。在中環復活的荔園，雖然也帶給不少老友記美好回憶，可惜卻被一些新一代狠批，一篇網上潮文寫下玩後體驗：

荔園搵笨 X 大家唔 L 洗去

有條恐龍 40 蚊次
佢老 X 原來係 SIR 滑梯黎

40 蚊 SIR 一次

算啦 SIRX 完 咁去掉下綠箭香口膠

望一望 原來要用五蚊掉

貴 X 過排香口膠

咁好啦 諗住去睇下大象表演

一睇 X 你個街隻象係假既

佢用人扮都無咁 X 嘢

跟住去玩鬼屋

80 蚊次

入 X 到去仲細 X 過我間屋

隻鬼嚇完前面都未呢返埋

又走黎嚇 X 我

我都唔知比咩反應佢好

2 分鐘就話到出口

我真係嚇一跳 然後得啖笑

香港人的尋歡樂園——荔園

　　我記得，荔園結業前，收藏家鍾燕齊在園內搜刮了一些紀念品，當時他接受傳媒訪問道：

　　「其實裡面的東西真的很簡陋，不明白為何以前會畀錢進場。不過，我相信我們進荔園只是為了投入一種歡樂氣氛，不是為了什麼新穎設計。而且，那個年代，我們沒有機會見識太多事物，往往『小小嘢已經好興奮』！」

　　是的，那個年代，雪條棍上有個「獎」字，換到多一枝雪條食已開心到飛起。那個年代，知道第二天去學校旅行，會興奮到睡不著覺。出現在那個時空的獨有情懷，現在想起來都覺得超無厘頭，但又很回味。

　　懷舊的價值從來不能用金錢或理智衡量，對零回憶的新一代更可以一文不值。但願寫「荔園潮文」的九十後，評頭品足之餘，將來會有值得他不惜千金回購的寶貴記憶！

玩嘢

「你而家係咪玩嘢呀？」

　　去遊樂場，當然是為了玩。這個「玩」字，在粵語中有兩個發音，一個是玩 wun6，一個是玩 waan2。

　　「玩具」，我們會讀 wun6，但當作動詞用的時候，例如「玩遊戲」，我們會讀 waan2。而這個 waan2，結合不同詞匯，會衍生出很多不同的解釋，例句中的玩 waan2 嘢 je6，「嘢」字本身解作「東西、事情」，「玩事情」其實是解不通，但它引伸出來的意思，就是不認真做事，甚或要手段。另外還有「咪玩啦」（不要再作弄、亂說亂做、兒戲做事等）。

第十五篇
月園遊樂場

月園遊樂場

在香港，有一間很著名的日本芝士蛋糕專門店，以新月做商標，叫 Luna Cake。原來，在一九四九年，繼荔園在荔枝角灣畔啟業外，另一個遊樂場亦於年尾在北角冒起，名為 Luna Park，中文名叫月園遊樂場。

首先，大家可能會覺得奇怪，為何香港一年會開兩個大遊樂場，需求真的有那麼大嗎？時值戰爭過後，百廢待興，大部分家庭都於貧窮線上掙扎求存，真的有那麼龐大的消費力嗎？

的確，當年戰爭剛結束不久，社會慢慢恢復元氣中，市民艱苦工作後，極度需要娛樂的調劑。許多商人看準這需求，爭先恐後地開設戲院和遊樂場，希望分一杯羹。那陣子，銅鑼灣有個東區遊樂場，荔枝角有個天虹娛樂場，荃灣和元朗也先後有遊樂場推出，它們雖然各有各規模、各有各山頭，但不外乎有電影院、歌廳、機動遊戲、摩天輪、雪屐場之類的綜合性設施。

但基於市民消費力有限，天天身水身汗為兩餐奔
波，能玩樂的時間畢竟有限。一窩蜂建遊樂場，必然出
現供過於求情況，加上經營遊樂場開支龐大，是一門很
容易虧本的生意，最終汰弱留強自是難免。於是很多遊
樂場基本上十分「短命」。那麼到底這個「月園遊樂場」
的命運又是如何？為何我偏偏選擇了它來講，甚至想將
它跟荔園做個對比？

月園遊樂場的老闆是誰呢？來頭可不少。大名鼎鼎
的馬來西亞糖王郭鶴年大家聽過吧。這個遊樂場創辦者
的父親，也姓郭，也是糖王，可跟郭鶴年沒直接關係，
他是印尼的四大糖王之一郭春秧。

月園遊樂場

聽過北角有一條春秧街嗎？正因為郭春秧當年有份開發北角，所以留下了這條紀念他的街留芳百世。不過，月園遊樂場的啟動，又跟郭老無關，因為那時他早已仙遊，一切的決定，都是由他的兒子——郭雙鰲、雙龍、雙麒——所做的。

這四五十年代的「郭氏三兄弟」決定大展拳腳，和其他商人合作，選中北角一塊大地皮興建遊樂場（現今月園街、渣華道一帶，那時代北角只是荒蕪之地）。

以下純屬猜測，如有錯誤請各讀者更正：

當時，投資者聘請了極多工人火速動工，最高峰期每天有二千工人在地盤工作。其實那塊地比起荔園只是十分一左右，約十八萬平方英尺，即四百多間四百呎的公屋，竟然有這麼多人聚在一起趕工，可以想像是如何誇張的事。

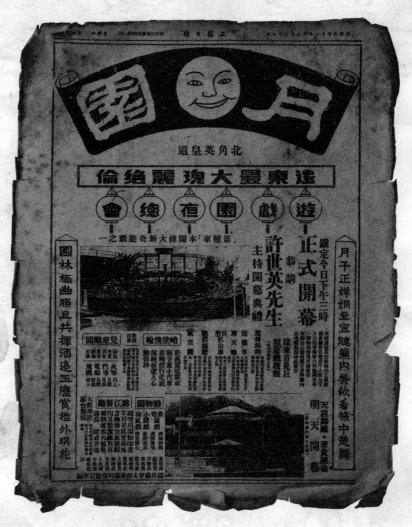

月園遊樂場（五十年代）

月園遊樂場

　　為何要勞師動眾到如此地步呢？是否投資者急於求成，要趕上遊樂場盛宴，與當時剛冒起的荔園爭一日之長短？我可不是瞎猜一通。在日後月園開幕的各種細節，有理由相信投資者確有點好大喜功，或者好聽點叫雄心萬丈！

　　大家看到上頁這則月園開幕的廣告，有什麼感覺呢？最初，我的感覺是：好吸引，至少商標搶眼、圖文並茂、文字具威力（要用一九四九年的時空去量度啊）！但其實，當做更多資料搜集時，才發現，這個開幕實在頗為浮誇。

　　商標下兩行粗體字最惹人遐想：「遠東最大瑰麗絕倫」、「遊戲園夜總會」。其實，論面積，月園就肯定不可能是最大，香港的荔園已大它很多。但如果説它是最大的「遊戲園夜總會」，在當時也説得過去。因為荔園初時只有游泳池、溜冰場、簡單機動遊戲等，其他都是往後陸續增設，也未有夜總會可言。合併遊戲園與夜

總會的概念，月園也可算第一家。至於是否「瑰麗絕倫」，可能誇張了點，但站在宣傳的角度也無可厚非。

此外，月園遊樂場的開幕主禮人也是非同凡響。他名叫許世英，是清末民初的政治人物，曾任中華民國國務總理，是抗戰前最後一任駐日大使。當時一眾社會名流例如何東也來撐場，可見郭家的面子是多麼大，人脈是多麼廣。

廣告上還豪氣地聲稱全園耗資六百萬建設（沒資料得知荔園耗資多少，但初時應該少得多）。又指「每一事物俱為現代最新者」，實在非常「大得吓人」。此外，它們更「獨出心裁建築天宮舞廳 內容瑰麗無倫」。

單看這廣告，跟荔園剛開幕時，只在廣告欄刊登一行文字，簡單介紹設施的平實低調作風，實在大相逕庭。

月圍遊樂場

驟眼看月圍的設施的確吸引：活龍車、巨型扒山車、艷侶搖籃、流星鞦韆、航空機、猴子峭壁飛輪……似是非常新奇好玩，饒有創意。加上它的殺手鐧天宮夜總會（Sky Room Night Club），邀請了有豐富營辦夜總會經驗的「上海舞業大王」查理合作，搞得有聲有色，據聞裝修豪華、冷氣開放，有大歌星如張露（杜德偉媽媽）登台，有菲律賓大樂隊演奏，還有「彈弓地板舞池」，讓跳舞者跳得更過癮。

聽到這裡，也不難想像，當時月圍老闆們是如何不惜工本，務求做遊樂場一哥的野心。就連夜總會，它也曾把當時北角的麗池夜總會打個落花流水，搶走不少客人。本來做生意各出奇謀無可厚非，問題在於如果投入大量銀彈，又得不到相應的回報，無論多大的礦山總會塌下。

果然，只經營了兩年多，月園便因虧蝕負債被法庭勒令清盤。這個結局除了是經營不善外，另一主因是郭氏兄弟與其他股東意見不合，拆夥後又輪到兄弟間出現紛爭，有人把公司資金偷偷作私人還債用途，導致其他人不滿，最終割蓆收場。據說，當時園內員工也有三、四百人，執達吏來封場時，警方生怕引起騷動，如臨大敵。

之後，一名叫李世華的地產商接了這個燙手山芋，改名為「大世界遊樂場」，不久卻又因業務持續收縮，結果李先生決心將遊樂場拆卸，馬上興建樓宇，來一個快速止蝕，回頭是岸。現在的月園街，以及位於熙和街的天宮台等，正是這樂園的歷史遺物。

月園遊樂場

「出生豪門」的月園遊樂場，在轉了幾個奶媽後，年僅四歲便宣佈夭折，「空前偉大」的華麗設施瞬間灰飛煙滅，變成空前負債數百萬！在那個年代實在是非常過分的虧蝕！

我曾經四出問過一些老友記，不知怎地，根本沒有一人光顧過這個遊樂場，有些更說從沒聽過。在網上也很難找到有相關回憶的朋友。難道只有當時住北角附近區域的人才得知它存在？如此耗費人力物力，做了震撼性宣傳的遊樂場，卻好像在市民心目中不屑一顧那樣！

據網上一些文章記載，這個遊樂場收費不菲，當荔園和其他遊樂場都只是幾毫子入場費，它收一元。（當然啦，投資六百萬啊，怎能收得平？）到大世界遊樂場時，新主將票價大幅減為兩毫企圖力挽狂瀾，但無補於事，結業前的最後一個月索性賣大包，免費入場益街坊。

定價過高，名大於實，利益過大引致股東不和，都
是月園的死穴。它跟荔園同年出生，觀乎荔園的平實、
韌力、應變力，不得不佩服邱德根。固然荔園也有很多
瑕疵遭人詬病，但能夠在那個遊樂場大時代突圍而出，
成功生存下來，連勁敵海洋公園出現後仍能苦撐二十
年，成為香港遊樂場的永恆經典，這實在不是僥倖，而
是實力！

兒嬉

「呢個水煲咁兒嬉嘅？煲兩次水已經壞。」

　　遊樂場是很多小朋友喜歡去嬉戲的地方，在粵語中，有所謂「兒 ji4 嬉 hei1」（也有寫作兒戲），原意為兒童遊戲，比喻為處事輕率苟且、馬虎不認真或者某些東西很化學之意。女歌手王菲就有一首粵語名曲叫做〈不再兒嬉〉。而另一種類似的說法就是「細路仔玩泥沙」。

第十六篇
賣瘋

賣瘋（四十年代尾）

　　在人人有個「My Phone」、玩 Phone 玩到廢寢忘餐的這個年代，看到一九四九的廣告大字標題寫著「賣瘋」，一陣會心微笑後，會好奇，到底這個廣告是賣什麼？若是賣「瘋」，又是如何個賣法呢？

　　頂頭三行小字：「何可醫師著論有曰痳瘋非貨品決不能罔想移禍嫁害別人」。下面一排密密麻麻的字，因年代久遠印刷不清晰，未能每字都看清，但大意就是何可醫師的自我宣傳：不幸染上痳瘋不用怕，之前有人在我治療下得到根治，我醫院位於廣州 XXXX，歡迎寫信給我查詢如何買藥。

　　原來那個年代，是痳瘋的發病高峰期。單是中國，就據聞有近一百萬人患上此病。國際性的痳瘋救濟會在中港均設立分會，提供醫藥協助，但資源所限，僅百分之一的人得到醫治。

賣瘋

麻瘋病是由麻風桿菌引起的慢性傳染病。以前一般
市民的醫學常識貧乏，對待麻瘋病人就如現代某些人對
待愛滋病者的態度，視為牛鬼蛇神，就連對方坐過的椅
子都不敢坐，亦不敢同枱吃飯。查實麻瘋是遺傳病多於
傳染病，傳染性不高，而且基本上是兒童受感染的機會
較高，成人是極低。麻瘋也可透過抗生素等藥物治療，
並非不治之症，但那年代一般人認為染上麻瘋是死路一
條。亦有很多人誤以為它是性病，因拈花惹草而得來。

不過，由於麻瘋病患者的皮膚經常出現衛星狀暗紅
色斑塊或肢體殘缺，令人望而生畏，所以才令他們被
「妖魔化」。

戰前，香港政府會將麻瘋病人送往內地醫治，直至
一九五一年，香港的大嶼山東部小島喜靈洲，村民盡皆
遷離，在島上興建了一座麻瘋病院，沿岸排了一列石磚
屋，可容納五百名病人，自此香港也有治療的地方。直

至七十年代中，麻瘋病逐漸消散，這個病院才拆掉，改
為移交懲教署管理，興建戒毒所。

不過，麻瘋是一個「恐怖疾病」的觀念始終在坊間
根深蒂固，而且關於如何治療的傳說在鄉間也甚為流
行。有人認為，如果一個人患了麻瘋，只要他嫁／娶一
個人，將病傳給對方，自己便可痊癒。另一說法更恐怖，
指當女性感染到但未發出來之前，即潛伏期時會面泛桃
花，此時該女子與男士性交就可將病轉移給對方，有女
病患者因為深信此說法，不惜四出勾引男子以達到所謂
「賣瘋」的目的。

媽媽就告訴過我一件在潮洲發生的真人真事：一個
患麻瘋的男人，在陌巷將一名美女強姦，結果那女的憤
而自殺。這件悲劇，不知是否也出於「賣瘋」的謬誤思
想，抑或有如近年某些患愛滋的病人，心理變態地到處
跟人「打真軍」，有心將疾病傳開。

賣瘋

　　我記得小時過新年，有很多小朋友喜歡拍門「派財神」發個小財，有時他們會寫個「懶」字在紅紙上，而不是「財神」。這就是民間所謂「賣懶賣懶賣到年三十晚」的傳統活動。小朋友賣完懶後是否真的會變得更勤力？這個「懶」是否會轉移到接收家庭的孩子身上呢？

　　我曾經慘遭「賣懶」，但可能我憤而撕掉了，所以現在仍是個像蜜蜂般勤力的人！

發噏瘋

「咪聽佢發噏瘋啦！」

　　說起「賣瘋」這個「瘋」字，香港人不時會說「發噏瘋」，也有人寫作「發 up 瘋」（噏與 up 同音）、「發噏風」。本來「發瘋」的意思，就是「神經病發」，而「噏」的意思，就是胡說亂扯、不經大腦隨便說，有句說話叫做「噏得就噏」。

　　發 Faat3 噏 ngap1 瘋 fung1 這三個字，整體意思就是說一個人說很多沒有根據的話，亂說一通，就像神經病一樣。

第十七篇
那些年的兒童藥品

起死回生驚風散（一九二六年）

起死回生驚風散（一九二六年）

一九二六年的時候，你在哪裡？如果你已經出世，現在應該是九十過外的老人家了！當時在襁褓的你，可能有服食過這些廣告中的藥品？

平時我們稱受了驚做「食驚風散」，實則上驚風散主要用於幼兒祛風化痰，退熱鎮驚，是有小孩的家庭「看門口」的良藥。一般情況下，只要用得恰當，可作為院前急救之用。

二十年代，市民醫學知識極度貧乏，沒有什麼醫學節目、醫學雜誌可言，而且一街都是黃六醫生，小小毛病都隨時搞出大禍。報紙上的廣告也沒有什麼藥品條例監管可言，形成廣告往往「有咁誇寫咁誇」，有時更具威嚇性。好像下頁「屈臣氏止咳藥水」廣告，便圖文並茂栩栩如生地，描述一個就快「咳死」的阿伯，如何在喝了該藥品後，達到起死回生效果（當時肺癆問題嚴重，很多人真的很怕咳血而死）。

187

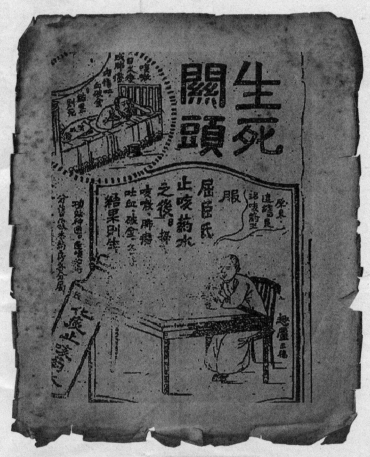

屈臣氏止咳藥水（一九二六年）

原來舊時
香港
這樣　賣廣告

　　如今的香港家長，很多把孩子當金巨羅，動輒便帶孩子去看西醫食西藥，對西方醫學極之依賴。但以前看大夫又昂貴又不方便，大家都是家庭式「自救」為主（生仔也是在家中自行接生）。當然，這樣也導致很多悲劇發生，好像我有兩個小學同學便是腦膜炎當發燒處理，家長在家亂餵藥，結果一個死了一個變了弱智。後來大家都說這叫「燒壞腦」，實則這是謬誤，發燒根本不會燒壞腦，它只是一種症狀，不會直接對腦部造成傷害。

　　這隻聲稱可「起死回生」的驚風散，牌子就是「賴燿廷」，年代久遠，找不到相關資料，但相信是一名中醫師的名字吧，據悉也有出品一隻烏雞白鳳丸。

小兒快活汁（一九三六年）

小兒快活汁（一九三六年）

三十年代的小兒快活汁藥品廣告，感覺上窩心體貼
得多。活潑的名稱，加上生動的圖畫配合，孩子兩星
期後由皮黃骨瘦變快活健康，非常具感染力。它是當年
「嘉齡大藥房」（一九九四年才關閉）的招牌產品，是
一種營養補充液，增強小孩的抵抗力。由於小孩子容易
亂吃雜食，腸胃又脆弱，以致肚內容易生蟲，快活汁有
助杜蟲及開胃。加上那個時候霍亂爆發，政府也不斷宣
傳病從口入的健康知識，人人自危下，很多防止霍亂的
藥品紛紛推出市面，就好像沙士時的板藍根那樣。這隻
小兒快活汁應運而生，成為父母恩物。

現在的父母可能醫學常識豐富得多，對孩子的身體
照料更無微不至，但很多不懂得照顧孩子心靈需要，施
加太大壓力。以前的情況不同，很多父母「成寶仔女」，
自己又要為生計拚命工作，孩子很多時都是「天生天
養」。就以我個人為例，基本上童年時父母不會逼我補
習或者學這樣學那樣，不需要喝快活汁，也非常快活自
在！至於學童因壓力自殺，在以前簡直如天方夜譚！

嬰孩自己藥片（一九三六年）

嬰孩自己藥片（一九三六年）

你沒有看錯，是「嬰孩自己藥片」——這是三十年代的一種藥片名稱。很突兀吧，是不是？其實我也看了一會，才明白它的名稱為何那麼怪。原來是一個極差劣的翻譯出了事——Baby's own pill——由韋廉士醫生（大概即是 Doctor William）發明。

八十年後的今天，國內仍出現 "Tofu made by woman with freckles"（麻婆豆腐）這種強暴式翻譯，當年更不用說，完全是一字譯一字，不理會讀者或用家感受。韋廉士醫生居於上海，以這隻嬰孩自己藥片及一種具補血功能的紅色補丸為招牌貨。前者主要讓常患腸胃疾病的嬰兒服用，後者男女血氣不足者皆宜。換言之，兩隻藥作為家居良藥，可保一家健康。

當年本地人對於外國人主理的藥物，更感神聖及遙不可及。所以看來產品賣得較昂貴，嬰孩藥片每瓶七毫（快活汁大枝裝才五毫），補血丸更賣到每瓶一元五毫。不過，如果直接向上海醫局訂購，買半打不但有八五

193

那些年的兒童藥品

折，連郵費（郵力）也可豁免。現代人為了買平價貨品，時興網上購物，網絡平台和商家為了令顧客安心，往往提供很多保障。但在當年，資訊和保障缺乏，究竟是否那麼多人會冒險越洋購物（藥物風險更高吧）？

廣告中還引述了大馬柔佛州一位黃老闆的「用家體驗」，表示兩年前「身體衰敗飲食銳減眠睡不寧……」服用紅色補丸後「眠食日佳體重增進……體力完全康復」，文提及自己一對孩子服用嬰孩自己藥片後「康強壯健」。為了證明黃君不是虛構人物，還附有他和兩個孩子的畫像，非常認真。

不過放諸今天，除非是名人阿太拖著個活潑寶貝，聲稱他們因為用了什麼什麼產品，才有今天那樣精靈，否則即使是真正用過產品的消費者，說得如何受用，家長也不會相信，只會感到「做媒」。否則，現代的兒童健康產品公司，怎會願意付天文數字邀請名人做代言？很多消費者就算看出名人交戲，仍是願意受騙！

小兒科

「呢啲嘢小兒科啦，我一陣間都攬得掂！」

　　粵語中的小 siu2 兒 ji4 科 fo1，跟醫院中的「兒科」有點關係，意思就是事情簡單到只是小兒水平，連小孩子也可解決，也有形容為「小菜一碟」、「濕濕碎」、「輕擎（音 KING4，口語讀作 KENG4）」。港式英語中，還會說成「EASY JOB」（簡單的工作），都是差不多意思。

第十八篇
咳水贈飲

咳水贈飲

在香港出生的朋友，手臂近肩膊的位置，應該都有一處凹陷的小疤痕，這是出生時打卡介苗留下的「終生印記」。卡介苗是預防肺結核病的疫苗，千禧年前，凡是被發現對結核菌測試呈陰性的小學生，都需要再注射一次卡介苗，但後來因為有研究顯示，成長後再注射不會有額外免疫力，才取消了這個措施。

時至今天，但凡見到有人在公眾地方不戴口罩瘋狂咳嗽，人人都會避之則吉，甚至投以鄙視目光。這是沙士後的公眾意識提高所致，還記得沙士前戴口罩會被視為「異相」。但在上世紀初至中期，有人當眾咳得厲害，大家也會視為洪水猛獸，不過不是怕沙士，而是怕肺癆。

原來舊時
香港
這樣 賣廣告

由於戰亂的關係，那些年大量人口從內地湧進香港，在人口擠逼、環境惡劣、衞生常識不足等原因下，大量病菌傳播，什麼霍亂、天花、肺癆⋯⋯如果生長在那個年代，肯定極無安全感，不知道什麼時候被傳染到什麼疾病！假如家人或同事患病也會有很大問題，因為實在避無可避，那時也沒有什麼預防用品可言，只能自求多福。

其實肺癆那時也是可以醫治的，只是死亡率極高，一九三零年的數據顯示，十個人患病，有三個會死亡！而到了一九三九年，肺癆更成為全港第一號疾病殺手。所以，那時一般人會認為，患上肺癆就是死路一條。加上粵語長片的渲染，貧病交煎的男主角，拿著一條手帕捱更抵夜工作，結果咳咳咳，在手帕上咳出一遍紅，讓人看得心寒。然後，在這俗稱的「七級肺癆」後，男主角很快便一命嗚呼。難怪那時人人都聞癆色變。

肺癆新聞

　　在肺癆肆虐的氛圍下，三十年代的廣告版上，便出現了極多「肺癆聖手」的影子。有以「祖傳四代獨步秘方」作招徠的，也有以「感謝信」形式作宣傳，用家分享由「痰多氣促胸背翳痛纏綿床笫寢食不安」到「霍然全愈」的快慰，總之是各出奇謀奪取病者信心。

　　以上提及的都是醫生廣告，而下頁另一則賣藥水的一九三五年廣告，我覺得也算是絕橋一條。汽水贈飲你總聽過或者試過，可曾聽過咳藥水也有贈飲呢？

咳水贈飲（一九三五年）

202

　　「必達治咳水」當年就進行了一次出位的宣傳策
略，在港九四個地方——中環、灣仔、深水埗、旺角的
辦館和藥房，讓患者免費試飲藥水。說明是試飲，當然
不收分文。但由於是藥物，生產商又明白到消費者會有
戒心，所以特地標明「藥非至靈　不敢贈試」，意思就
是「若我的產品不是那麼靈驗，哪敢給大家試飲啊？證
明是真金不怕洪爐火吧。」這樣自然增強患者對它效力
的信心，而且是「醫師荐用　安全可知」，再減低擔心
安全方面的問題。到底，當時這宣傳橋段是否奏效，我
不知曉，但最低限度可見當時藥廠競爭激烈，大家要鬥
「食腦」爭生意的盛況。

咳水贈飲

　　我是一個不喜歡服西藥的人，也儘量不會看西醫。但也試過兩三次因為咳得太厲害，自行到便利店購買咳藥水止咳。但由於功效不彰，往往剩下大半樽藥在藥箱內，非常浪費。如果剛遇上就近地方有藥水試飲，可能我也會考慮。不過，老實說，在我的經驗中，好像從未因為試飲、試食、試用等，而愛上任何一個品牌，莫論對它愛不釋手，每一次都只是貪免費貪新鮮貪刺激，跟它們來個「街頭激吻」，之後便忘情了！

止咳

「我整親腳唔可以打籃球，
惟有睇人打止住咳先啦！」

在上述例句中，一個人不能打籃球，又不是有咳嗽問題，為何要「止咳」呢？這是毫無關連的事。原來，句中的「止 zi2 咳 cat1」，在粵語中的另一層意思，不是生理上的需要，而是心理上，帶有「暫時滿足某種慾望」的意思。即是這種慾望，就像咳嗽那樣很難控制，要用一些代替品去控制一下，有點像「望梅止渴」。有時，我們也會簡單說成「頂住癮先」，就是同一意思。但粵語中單獨說「頂癮」這兩個字，又有別一層意思，就是「很有趣、很痛快、很爽」，也有說作「好過癮」！

第十九篇
仕登伶歌
霜蒙爾荷

歌伶登仕荷爾蒙霜

曾幾何時，對買護膚品有點上癮，也很易被 sales 遊說，家裡買了一堆日霜呀、晚霜呀、美白精華呀、去印精華呀等等，琳琅滿目擺滿浴室的層架上。老實說，是否全部都最終塗到臉上呢？不是。用了後是否皮膚更光滑亮麗呢？不是。錢是花了，但由於購買了一些根本不適合自己用的產品，加上自己皮膚較薄較易敏感，有時適得其反，越塗越差。近年，看化了，返璞歸真，很少買護膚品，用來用去都是同一款牌子，很少試新產品，妝也化很淡，反而發現皮膚問題更少。

當然，如果個個女人也像我這樣省得就省，化妝品公司一定全部倒閉。坊間從來都說「呃女人同細路仔錢係最易」，女為悅己者或己悅者容，只要能夠以最美麗面目示人，不少女人都抱「寧願少吔餐，扮靚錢咪慳」的宗旨。

208

　　但其實有幾多女人在使用護膚品時，真的知道產品
成分，以及它們對自己肌膚的影響？當我們希望像明星
代言人那樣擁有完美無瑕的肌膚，或迷倒於璀璨的宣傳
口號時，有沒有想清楚，那面孔有幾多成是燈光和化妝
「粉飾」出來的？上世紀中的廣告，大部分都是靠用家
經驗促銷，或者以圖文平實地交代成分及功效等，當中
固然有誇張失實之處，但都一定比現在的「水分」少得
多。

　　化妝品廣告亦然。就以這個一九五三年的歌伶登仕
荷爾蒙霜為例，簡單八字「護養皮膚　常保青春」，道
盡產品的優點。那個年代，醫學知識貧乏，女士們認為
護膚品有荷爾蒙成分（當然是指女性的），就是好東西。
所以，「荷爾蒙」三個字當時是個賣點。

歌伶登仕荷爾蒙霜（一九五三年）

「歌伶登仕」這個詰屈聱牙的名字，一聽便知是英文翻譯過來的「來路貨」。它是一間在十九世紀末已開設的美國公司，英文名叫 Colonial Dames，以生產維他命 E 成分的護膚品著名。發明配方的女士本來是個荷里活演員，因為她的產品在娛樂圈中傳開了，備受當年明星愛戴，可算是帶著「明星效應」推廣到世界各地，包括中港。

不過，以今天的知識回頭去看，當時女士們用有荷爾蒙的產品，簡直就是極度不智的事。早幾年，世衞將雌激素列為「一級致癌物」，歐盟、美國等地已禁用於化妝品，違例者需判處監禁。台灣就試過有明星代言的雌激素護膚品通通被下架。在外國，有報告表示女童使用這類產品後可以八歲便來經，亦有報導指三名四歲至十歲男孩在使用茶樹油或薰衣草的香皂或護體霜後，乳房竟然增大了！原來有研究指，這兩種大家在護膚品公司經常見到的物質，會產生雌激素效應！

211

歌伶登仕荷爾蒙霜

　　雖然我們不可能了解每種吸收的物質，到底是何方神聖，未有什麼報告出爐時，更往往會被蒙在鼓裡，一直在慢性自殺而不自知。但我想，最少都應該留意多些衛生組織的報告，看看消委會的刊物，聽多些專家的分析，增進自己的常識，才能做到智慧與美貌並重的廿一世紀女性！就以骨膠原為例，根本它的分子太大，不能被底層皮膚吸收，只能做到短暫補濕的魔術效果，何以還甘願動輒以數千元去購買以骨膠原為噱頭的護膚品？難道真是美貌和愛情一樣，會令人盲目和反智？

面懵膏

「我啲琴技咁差，今晚要逼住演出，
真係要搽面懵膏至得！」

說到女士塗到臉上的東西，在現實生活中無論古今，都不會有「面懵膏」這產品，因為它只是一句口語。

首先，要了解一下懵 mong2 字的意思。粵語中這個字有幾種解釋，由它構成的口語也不少，例如解作「呆笨、糊塗」有「懵懂」、「懵盛盛」，而「面懵心精」就是樣子看起來很呆笨糊塗，實際上很精明。又例如解作「難為情、尷尬」的「面懵懵」。

那麼，什麼叫做「搽面懵膏」呢？其實就是比喻為塗一層遮著尷尬樣子的膏狀物體，令自己更勇敢去做某件事，減少尷尬的感覺。

第廿篇
一蚊雞旅行

一蚊雞旅行

　　小女子記得，自己是大學一年級的暑假才第一次搭飛機，目的地是台灣，時為九一年。當時真是覺得非常興奮刺激，覺得是一件人生大事。當然，時至二十多年後的今天，我已經坐了 N 次飛機，沒有好奇之餘，還覺得是一件很疲累的事。

　　在飛機被視為一件遙不可及事物的五六十年代，莫說去歐美，就是去近一點的東南亞地方，也並非那樣簡單。若非富家子弟，根本不容易出埠旅遊。大家可以看看六零年這個旅行社廣告，日本九天賞雪團，坐巨型豪華客機，需要花費接近二千五百元，是普通打工仔半年工資。即使每月「死慳死抵」，相信都要儲兩年錢才可以去一次日本旅行！還有，記得九十年代我去日本的時候，是需要在銀行裡有三萬元存款，後來才取消這個要求。

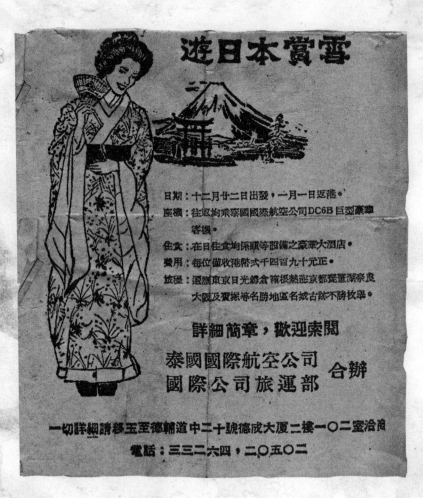

旅行廣告

一蚊雞旅行

當時電視不普遍，亦沒有什麼旅遊節目可言，相信旅遊雜誌也近乎絕跡。故此，想知道香港以外的地方到底是什麼樣子，可能是透過看西方電影（當然也不普及），又或者透過認識所謂的 Pen-friend（筆友），索取一些當地照片，才能得知一二。

有人就因為那個時代的缺陷，想到一門生意——郵寄風景照。只需剪下廣告，附港幣一元寄去公司地點，就可獲三十張風景照，在此可見選擇地點有香港、杭州和北京等地。我不知道這個服務當年有多受歡迎，但我認為是很有創意的一門生意。相信打開信箱照片到手的一刻，必定非常期待和興奮，有如收到情信那樣。

原來舊時
香港
這樣　賣廣告

一蚊雞旅行（一九五零年）

一蚊雞旅行

今時今日，我們去旅行簡便，一部智能相機又令我們拍攝如家常便飯，我有位朋友去五天旅行也可以拍千多張相片。回家後，我們又可以隨意把照片自行加工或刪除，人人都像專業攝影師。對比那個時代，我們實在太幸福，同時亦不太懂珍惜。如果當年閣下或閣下長輩真的曾享受過這項服務，甚至仍保留著照片，真的希望能公諸同好，讓大家感受一下那些年在家中「一蚊雞旅行」的樂趣！

一蚊雞

「支汽水 9 蚊，收你 10 蚊，找你 1 蚊雞！」

普通話和粵語對錢的叫法有很大差別，例如普通話的「元」，粵語叫「蚊 man1」，來自「文」，即古代銀両的其中一種單位，由第四聲變調為第一聲。

至於「雞」，則有「小」的意思，例如我們形容人很幼稚，會說他「小學雞」，引伸到金錢上，會用它來形容很小的數額。

一 jat1 蚊 man1 雞 gai1 就是一元的意思，也有「五蚊雞」、「十蚊雞」，再多的錢就較少人加上「雞」字在尾。補充一句，香港人會稱很小的的銀碼為「散 saan2 紙 zi2」，有別與十元以上的紙幣。

香港現已不再流通的「仙 sin1」（即普通話的「分」，因英語的 cents 音譯而來），有一句由它引伸出來的俚語，叫「仙都唔仙吓」——連一仙都沒有，即是很貧困的意思。

第廿一篇

無痛閹貓狗

無痛閹貓狗

「無痛穿耳」是我年輕時曾經被迷惑過的事情。某天，我在商場被那白底黑字招牌吸引了，走進一間只有一百呎的美容小店，老闆娘掛著親切笑容，在我耳珠敷上一層類似酒精的物體，馬上一陣涼氣在耳邊升起，眼尾瞥見老闆娘拿起一種穿耳工具（其實我不知道是怎樣的，因為不敢看）。雖然心裡仍是戰戰兢兢，但由於老闆娘親切又溫柔地跟我說：「不用怕，會有點像被蚊刺的感覺罷了！」因此減低了驚恐心，堅信只是被蚊刺一下，沒什麼大不了！說時遲那時快，已有東西刺到耳上，誰知⋯⋯

接著的事情大家大概也想像到吧！當然就是那種痛在我意料之外，而且因為心理準備不足，感到好像痛得很厲害。然後就是老闆娘再以親切的笑容拍拍我肩膊善後：「沒事了，像蚊刺那樣吧！回家消消炎就不痛了！」

八十年代的痛，也包括無痛脫墨，又標榜什麼無疤脫墨，後來發現全是謊言，左邊臉上的一處永久疤痕，成為當年無知的印記！

這種無知，總會留下或多或少的童年陰影。我的好朋友——第一代可口可樂廣告女神林寄韻，就曾經在《99當年奇聞》中，談及她一個關於閹貓的童年陰影。

「記得那時我大概八、九歲，家住唐五樓，平常會有各種各樣的叫賣聲音在走廊樓梯之間迴盪，什麼『磨鉸剪鏟刀』、『衣裳竹』……另外一個伯伯會從樓下傳來高幾度的震音：『閹貓』～～父母某天跟我說，如果下次再聽到這個伯伯呼叫，記得落樓叫他上來幫幫貓兒，會對牠好的。」林寄韻是個愛心爆棚的女子，自小已很喜愛小動物，家中當時養了頭小花貓，自是寵愛有加。

無痛閹貓狗

　　直至某天，伯伯又在樓下響亮地大叫「閹貓」～～實則上當時她不知「閹」的意思是什麼，只聽見長輩說對貓兒好，便馬上跑下樓，請伯伯去家中，氣呼呼的跑上跑落來回十層樓，而伯伯卻是中氣十足、面不改容。

　　到了家中，伯伯把小貓抱在懷裡，似是非常友善（就像老闆娘刺我耳朵前般毫無殺傷力）。林寄韻記得當時她還好奇地站在旁邊，看看到底會發生什麼事。但見伯伯拿著一個小工具，在小貓下體做了一點動作，之後聽到小貓發出一陣撕心裂肺的慘叫聲，後腿一撐擺脫伯伯雙手，高速逃到房間內（記得我被刺耳洞時，也發出過慘叫聲，我也應該是沒有被麻醉的）。

　　那時，她才恍然大悟，知道他做了一件對小貓不利的事情。但由於年紀太小，一時間還不知到底是做了什麼，直至人長大點，回想這件事，才知原來這是一種上門閹貓服務，而且基本上是在沒有使用麻醉藥的情況下進行的。

「記得那時我外公的工廠內也有隻貓公，有天我遇上一個新朋友，他派了咭片給我，上面寫著從事閹貓服務。由於我怕貓公會在外面跟貓乸生小貓，把麻煩帶給工人，於是我叫了這個閹貓人來幫忙閹了牠！」主持人 Benny 也曾經有過刻骨銘心的類近經歷：「原來過程是很恐怖的，閹貓人拿著個麻包袋，把貓公塞進去，袋上有個小洞，他把貓公的生殖器穿過這洞突了出來，然後見他用一把小刀『監生』割下去，非常心狠手辣！」然後，同樣的情景發生了，貓公發出淒厲的叫聲，瘋狂奔跑，飽受了一場酷刑。

我聽二人說起閹貓往事，臉上充滿悔疚，特別是林寄韻，完全沒有想到，自己竟做了劊子手，對心愛的花貓造成無可挽回的創傷。而她的弱小心靈也被閹割了，留下一道永不磨滅的瘡疤。

無痛閹貓狗（一九六八年）

　　看到六十年代的報章廣告，已有上門閹貓服務的出現，標價八元一次（很貴啊！）還寫著「立保單」保證「不生仔，不叫花」（據聞雄貓「叫春」，雌貓「叫花」），看來閹雌貓的需求較大。

　　以往一般成年人對保護動物的意識不強，思想也很實際，很少想到什麼動物權益，對寵物也很少如現在的人般，如珠如寶到像對待小孩子那樣。什麼寵物美容、寵物酒店、動物傳心術……在那個時代根本是不存在的。不過，在使用閹貓服務時，到底是真心相信「無痛無血」，還是明知是謊言，仍要虐待小動物，甚至不惜讓兒女成為劊子手，留下一生陰影呢？

　　長大了的你，又有沒有任何「無痛謊言」的陰影揮之不去？希望不曾出現過「無痛割包皮」，令任何男讀者勾起慘痛回憶吧！

翻閹

「陳 SIR 唔係退咗休嘅咩？點解又翻閹嘅？」

翻 faan1 閹 jim1，又可寫成「翻腌」，到底是什麼意思呢？看到例句，就知道原來跟退休有關。

話說，從事養雞行業的人，會將公雞的睪丸摘除，令牠長得更快、肉質更嫩滑，被閹過的雞被稱為「線雞」。但原來，有 2-3% 的公雞被閹後，睪丸竟可重生，故此會再做一次閹割手續，這就是「翻閹」。

那麼，又跟退休有什麼關係？原來，這是用來借喻一些被解除合約（被閹），停止了生產力的人，後來又恢復了生產力（翻閹）。一般來說，它是應用於一些本來已退了休或離職的官員身上，代表同一機構「重新聘請」他們的意思。

書　　名：原來舊時香港這樣賣廣告
作　　者：花家姐
協　　力：Benny

出 版 社：亮光文化有限公司
　　　　　Enlighten & Fish Ltd
社　　長：林慶儀
編　　輯：亮光文化編輯部
設　　計：亮光文化設計部
地　　址：新界火炭坳背灣街61-63號
　　　　　盈力工業中心5樓10室
電　　話：（852）3621 0077
傳　　真：（852）3621 0277
網　　店：www.signer.com.hk
面　　書：www.facebook.com/enlightenfish
電　　郵：info@enlightenfish.com.hk

2024年6月初版

I S B N　978-988-8884-07-0
定　　價：港幣148元